DOMINICO

DOMINICO

ILUSTRADO POR EL AUTOR

WILLIAM STEIG

TRADUCIDO AL ESPAÑOL

POR MARÍA LUISA BALSEIRO

MIRASOL / *libros juveniles*
Farrar Straus Giroux
New York

Este libro fue escrito
a petición de Michael di Capua y va dedicado a él,
asi como a Maggie y Melinda

DOMINICO

I. Dominico era muy activo, siempre andaba metido en proyectos. Un día en que estaba más inquieto de lo normal pensó que allí donde vivía no pasaban cosas suficientes para satisfacer su necesidad de aventuras. Tenía que marcharse.

Poseía una colección de sombreros, que le gustaba ponerse, no porque le dieran calor ni sombra ni le protegieran de la lluvia, sino por sus diversos efectos: desvergonzado, gallardo, solemne o marcial. Tomó los sombreros y los envolvió, junto con su apreciado flautín y unas cuantas cosas más, en un pañolón que ató al extremo de un palo, para poderlo llevar cómodamente al hombro.

Como no tenía paciencia para estar despidiéndose de todo el mundo, clavó este mensaje en su puerta: «Queridos amigos, me marcho con un poco de prisa para ver más mundo, así que no tengo tiempo de deciros adiós uno por uno. Os abrazo a todos y os olisqueo con amor. No sé cuándo volveré. Pero volveré algún día. Dominico.»

Cerró la puerta, echó la llave y la escondió, y partió en busca de fortuna; es decir, en busca de lo que le tuviera que ocurrir allá en el mundo desconocido.

Tomó el camino que iba hacia el este, para poder saludar al sol en cuanto amaneciera, y también la llegada de la noche. Pero no viajaba en línea recta. Estaba constantemente saliéndose del camino, para luego volver a él y salirse otra vez, investigando el origen de cada olor y cada ruido, examinando todo lo que veía. Nada escapaba a su ardiente atención.

Al segundo día de viaje llegó a un punto donde el camino se bifurcaba, y se quedó pensando si tomar la senda que partía hacia la izquierda o la que se curvaba hacia la derecha. Le habría gustado ir por las dos a la vez. Como eso era imposible, lo echó a cara o cruz: si salía cara, el camino de la izquierda; si salía cruz, el de la derecha. Salió cruz, así que dio tres vueltas persiguiéndose el rabo y tomó el camino que se curvaba hacia la derecha.

Al rato notó un olor fuera de lo corriente, un olor con el que nunca se había encontrado, y echando a correr hacia él, como siempre echaba a correr hacia todo lo que fuesen novedades, llegó a otra bifurcación y allí estaba una cocodrila-bruja, apoyada en un bastón y mirándole como si le estuviera esperando.

Dominico no había visto nunca una cocodrilabruja. Aunque todos los olores despertaban su interés, no estaba muy seguro de que aquel olor concreto le gustara, y le pareció que la cocodrila-bruja tenía

muchos más dientes de los necesarios para cualquier actividad dental. De todos modos, la saludó muy animadamente como solía:

—¡Buenos días! ¡Buenos días para todos!

—Buenos los tengas —dijo la bruja—. ¿Sabes a dónde vas?

—No tengo ni idea —dijo Dominico, echándose a reír—. Voy a donde mi fortuna me lleve.

—¿Y te gustaría conocer tu fortuna? —preguntó la bruja, colocándose los flecos del chal—. Yo veo el futuro tan claro como veo el presente, y más claro de como recuerdo el pasado. Por una moneda te puedo revelar tus perspectivas más inmediatas: lo que te espera en los próximos días. Por cinco monedas te cuento lo que va a ser el próximo año entero de tu vida. Por diez monedas te doy tu historia completa, sin censurar, desde ahora hasta el final.

Dominico lo pensó un momento. Aunque sentía curiosidad por todo, y en particular por todo lo referente a sí mismo, prefería enterarse por sus propios medios.

—Claro que me interesa mi fortuna —dijo—. Pero creo que sería mucho más divertido descubrir lo que pasa cuando pase. Me gustan las sorpresas.

—Bueno —dijo la bruja—, pues yo sé todo lo que te va a pasar —luego comentó que Dominico era listísimo para ser un perro tan joven, y le brindó una información—. No te molestará que te diga sólo una cosa —dijo—. Ese camino de la derecha no va a ninguna parte. Por ese camino no hay ni magia, ni aventuras, ni sorpresas, ni nada que descubrir ni nada de que asombrarse. Hasta el paisaje es de lo más vulgar. Por ahí en seguida te pondrías demasiado meditabundo. Te daría por soñar despierto y por perseguirte el rabo, te volverías distraído y perezoso, te olvidarías de dónde estás y de lo que estabas haciendo, dormirías más de lo debido y te aburrirías de una manera espantosa. Además, al final llegarías a un lugar sin salida y tendrías que volver a desandar todo ese horrible camino hasta aquí, donde ahora nos encontramos, sólo que entonces ya no sería ahora, sino al cabo de un tiempo que habrías perdido lamentablemente.

«En cambio este otro, el de la izquierda —dijo, con un brillo en sus ojos soñolientos—, este camino sigue adelante, adelante, hasta donde uno quiera llegar, y si lo tomas créeme que nunca se te ocurrirá pensar en lo que te podrías estar perdiendo por no haber tomado el otro. Por este camino, que al principio parece igual que el otro pero que en realidad no podría ser más distinto, te pasarán cosas que no te puedes ni imaginar: cosas maravillosas, increíbles. Por este camino es por donde se va a la aventura. Seguro que ya sé cuál de los dos vas a tomar.

Y sonrió, dejando ver sus ochenta dientes.

Dominico abrió febrilmente su pañolón de lunares, sacó unas sardinas y se las dio a la bruja, que se las tragó todas de un bocado. Luego le dio las gracias por el buen consejo, y con el rabo en alto tomó el camino de la izquierda, el camino de la aventura.

II. El camino de la aventura empezaba por un bosque umbrío. A un lado y a otro se alzaban los árboles, altos y solemnes. La luz se filtraba verdemente por sus hojas, como por las vidrieras de una iglesia. Dominico iba andando en silencio, oliendo todos los maravillosos olores del bosque, alerta a cada olor nuevo, con el hocico tembloroso de placer. Olía a tierra húmeda, a setas, a hojas secas, a violetas, a menta, a pino, a madera en descomposición, a excrementos de animales, a nomeolvides y a moho, y todo lo paladeaba. Los olores le llegaban como notas sueltas, o como golpes de percusión, o fundidos unos con otros en armonías maravillosas. Dominico, sintiéndose inspirado, sacó el flautín y se puso a tocar. Inventó una melodía, y decidió que debía titularse *El Salmo de los Olores Dulces.*

Al cabo de un rato llegó a una laguna apacible.
Guardando el flautín, exploró la orilla herbosa, examinando diversas plantas, piedrecitas y hormigueros,
y después se sentó a comer. Apenas había devorado
un par de sardinas cuando, delante de él, la lisa superficie de la laguna se rizó, y un enorme barbo sacó la
cabeza del agua y se le quedó mirando sin pestañear.

—Tú eres Dominico —dijo el barbo.

Dominico era todo atención.

—Sí, soy Dominico —reconoció—. ¿Tú quién
eres?

—No te puedo decir cómo me llamo —dijo el
barbo—. Pero tengo una cosa para ti. Estaba esperando que pasaras para dártela —y sacó del agua una
lanza larga y afilada—. Te va a hacer falta —dijo—.

Esta afiladísima lanza te hará invencible en los comba-
tes serios. Si la utilizas como es debido, claro está.

—¿Qué es «utilizarla como es debido»? —preguntó Dominico, aceptando la lanza.

—Utilizarla como es debido —dijo el pez— es
utilizarla con tanta habilidad que nadie te pueda
vencer.

—Ya entiendo —dijo Dominico—. Muchas
gracias.

—No tienes por qué dármelas —dijo el pez—. Yo
no hago más que cumplir órdenes —y desapareció,
dejando tras de sí una pequeña ondulación que desapareció también.

Dominico no supo nunca quién le había dado aque-

llas órdenes al barbo. Se figuró que habría sido la
bruja.

Acordándose del pez, le remordió la conciencia
por haber comido sardinas. Pero en seguida se le
pasó el remordimiento y se comió otra. Tiró el palo
que le había servido para llevar el pañolón y lo susti-

tuyó por la lanza. Luego se puso el gorro de Fusilero del Rey y siguió adelante.

No habían transcurrido muchos minutos cuando, como desmostración de que la bruja estaba en lo cierto al anunciarle que por ese camino habría mucha acción, se cayó a un hoyo profundo. Miró hacia arriba. Y, como demonstración de que el barbo tenía razón al decirle que le iba a hacer falta la lanza, vio tres caras enmascaradas que le miraban desde la boca del hoyo. Eran de tres miembros de la Banda Funesta.

La Banda Funesta asaltaba, desvalijaba, engañaba y atacaba a los seres inocentes en general y a los viajeros en particular, y hacía toda clase de fechorías; y aquel hoyo donde se había caído Dominico era una trampa que tenían puesta los de la banda para todo el que pasara por allí. Dominico no había visto el agujero porque estaba astutamente tapado con hojas de bardana, repartidas como para que pareciera que habían caído allí por casualidad.

III.

—¡Mirad lo que hemos atrapado! —dijo el zorro que era el capitán de la banda—. ¡Esto sí que es una buena pieza! —y se echó a reír.

—Seguro que trae cantidad de cosas buenas dentro de ese pañolón —dijo el hurón que estaba agazapado al lado del zorro—. Está tan repleto que parece un melón maduro.

—¿Este animal será bueno para comer? —dijo el tercero de los personajes asomados al hoyo, que era una comadreja.

—No, son de carne dura —dijo el zorro—. Pero seguro que nos sirve para alguna cosa. A lo mejor para cazar. Tienen un sentido del olfato increíble.

Aquellos forajidos nunca estaban del todo seguros de lo que querían. Pero sabían que querían ser malos, de una manera o de otra. Ser malos era lo que mejor se les daba; a todo el mundo le gusta sobresalir en algo.

—Hacen demasiado ruido —dijo el hurón, y al oír eso Dominico soltó una serie de ladridos ensordecedores. Luego gruñó para asustarlos, pero ellos no se asustaron.

—¡Vamos per él! —dijo el zorro, y los tres empezaron a meterse en el hoyo.

—¡Atrás! ¡No os acerquéis! —les ordenó Dominico, y sin esperar respuesta les atizó a los tres, uno tras otro, con su lanza larga y afilada.

—¡Ay! —dijo el hurón, aunque la lanza ni le había tocado.

—¡Huy! —dijo la comadreja.

—¡Cuernos! —dijo el zorro. Intentaron llegar hasta él con palos y porras y espadas, pero Dominico les tenía a raya con aquel arma maravillosa que le había dado el barbo.

Ellos eran muy listos, como sólo pueden serlo un zorro, un hurón y una comadreja, pero frente a la activa lanza de Dominico no tenían nada que hacer. Trataron de arrancársela, pero Dominico les ganaba en rapidez y en habilidad, y además no conocía el miedo.

—¿Y si fuéramos a buscar ayuda? —dijo la comadreja, toda sofocada.

—No —dijo el zorro—, en seguida le cansaremos. Si sigue así se tiene que cansar.

Pero no conocían a Dominico. Cuando llegó la noche, los que estaban agotados eran los de la Banda Funesta, no él. A Dominico las fuerzas le iban en aumento, porque la acción siempre le sentaba bien.

Cada vez manejaba la lanza con más habilidad y soltura.

—Yo creo que todavía no podemos agarrarle —dijo el zorro—. Podemos tenerle encerrado en el hoyo, pero no le podemos coger. Ahora vamos a dormir y por la mañana será nuestro. Se pasará toda la noche angustiado mientras nosotros descansamos, y entonces será la mar de fácil hacernos con él.

El hurón y la comadreja asintieron al plan. Siempre le decían que sí al zorro, pero les habría dado igual decirle que no. El zorro siempre hacía con ellos lo que quería. Además, estaban cansados. Riéndose de ver la posición desesperada de Dominico, cubrieron el agujero con troncos, y después de hacer algunos otros chistes crueles se echaron a dormir encima, confiando en la victoria de la mañana siguiente.

Allá en el fondo del hoyo, donde el aire se estaba poniendo un poco cargado por haberlo tapado con todos aquellos troncos, Dominico no estaba nada angustiado. Le encantaban las situaciones dificultosas.

Te pusieras como te pusieras, todo lo que la vida te ofrecía eran ocasiones para poner a prueba tus capacidades, tus facultades; y él disfrutaba superando esa clase de pruebas.

Con los tres forajidos durmiendo sobre los troncos que tenía encima, no había manera de salir del hoyo. Eso estaba claro. ¿Qué habríais hecho vosotros si os vierais en el mismo trance que Dominico? Pues eso exactamente es lo que él hizo. Puso en acción su gran talento de excavador. Empezó a arañar un costado del hoyo mientras sus enemigos estaban sumidos en sus pérfidos sueños.

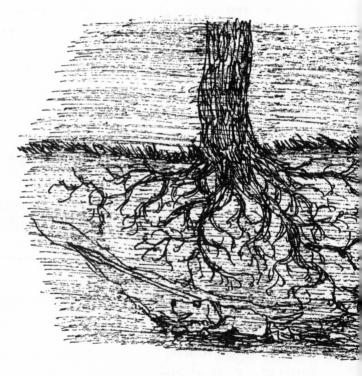

Tan deprisa y tan seguido cavaba Dominico, y tan bien iba apartando la tierra suelta, que al poco rato tuvo sitio para darle la vuelta a la lanza y cavar también con ella. Mientras trabajaba se sentía contento de haber salido al mundo a buscar fortuna. ¡Cuántas cosas interesantes había para hacer! Con sus cuatro juegos de uñas y la lanza, y una provisión inagotable de energía, fue abriendo un largo túnel que salía del hoyo y pasaba por debajo de las raíces apiñadas de un árbol grande. Después empezó a subir hacia la superficie.

Justo antes del amanecer estaba ya sobre la hierba,

a una distancia de varios metros de la durmiente Banda Funesta. Oyó que el zorro roncaba suavemente y que el hurón se relamía. Excitado por el éxito de sus esfuerzos, Dominico no pudo contenerse y soltó un corto ladrido para anunciar su liberación.

Con eso, naturalmente, se despertaron el zorro, el hurón y la comadreja. La tierra que quedaba en las paredes del hoyo apenas bastaba ya para sostener su peso y el de los troncos, y del primer movimiento súbito de sorpresa se cayeron rodando, rugiendo y arañándose unos a otros, al hoyo que ellos mismos habían hecho.

Mientras tanto Dominico, más ávido de aventuras que nunca, reanudó la marcha por el camino adelante, con todos los sentidos bien alertas.

IV.

Llegó el alba, lozana y sonrosada. Dominico iba francamente contento de verse libre. Pero empezaba a notar los efectos de una noche de duro trabajo. Cansadísimo, se dejó caer al borde del camino y exhaló un fuerte suspiro. Se removió un poco, y se quedó dormido justo en el momento en que todos los habitantes del mundo de alrededor se estaban despertando.

Fue un sueño reparador. En sueños revivió las aventuras de la noche que acababa de convertise en mañana. Estaba otra vez en el hoyo, cavando con las garras y la lanza, y los forajidos durmiendo encima de él. Un gañido le subió a la garganta, pero en seguida lo sofocó, sabiendo que hasta en sueños tenía que abrir el túnel sin hacer ruido.

El sueño terminó con el zumbido frenético de una

avispa amarilla que se debatía entre los hilos de una tela de araña tendida entre las ramas del arbusto que Dominico tenía detrás. Al oír aquel sonido inconfundible se levantó de un salto, sin esperar a estar despierto del todo. Una vez le había picado una avispa, justo en el hocico, por acercarse a oler unas peonías. ¡Ya tenía bastante con esa experiencia! Había tenido el hocico metido en barro frío durante más de una hora antes de que el dolor empezara siquiera a pasársele.

Sin embargo, el espectáculo de aquella avispa que pugnaba por escapar suscitó su compasión. Y a él no le gustaban las arañas, sobre todo cuando se movían, con todas aquellas patas que tenían de más. No quería que la avispa le picase, y sabía que no había peligro mientras siguiera estando enredada en la tela, pero su amor apasionado a la libertad pudo más. Empuñó

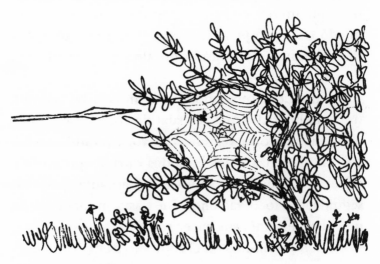

su buena lanza, y apartándose de la tela lo más posible soltó a la avispa. Luego reculó rápidamente y sin parar.

La avispa liberada le siguió, haciendo círculos y más círculos sobre su cabeza. Dominico, fijándose en sus extraños movimientos, vio que descendía, cabeceaba, escribía las palabras

Muchas gracias

en escritura aérea invisible y desaparecía en el brillante azul del cielo.

Para desayunar, Dominico se comió unas setas, una ramita de menta y un trozo de ajo silvestre. Luego se puso el sombrero de montañero, el que tenía la pluma verde; se echó al hombro la lanza con el pañolón bien sujeto a la punta, y una vez más reemprendió su caminar.

V. «¡Qué mundo tan maravilloso!», pensaba Dominico. «¡Qué perfecto!» Si en el momento de hacer
todas las cosas le hubieran consultado a él, no las
habría hecho distintas en nada. Cada hoja estaba
donde tenía que estar. Los guijarros, las piedras, las
flores, todo era exactamente como tenía que ser. Las
aguas corrían por donde debían correr. El cielo tenía
su debido color azul. Todos los sonidos estaban afi-
nados. Cada cosa tenía su olor correspondiente. Dominico era dueño y señor de sí mismo y estaba a gusto
con el mundo. Era absolutamente feliz.

Al doblar un recodo vio un penacho de humo que
se rizaba debidamente desde su debida chimenea, y
bajo la chimenea vio una extraña casita, totalmente,
debidamente extraña. Decidió hacer una visita a aquella casa y compartir una taza de té, quizá, con quien
viviera en ella. Dominico no luchaba nunca contra

esa clase de impulsos, no se paraba a pensar si debía hacer una cosa o no hacerla. En él el pensamiento y la acción no eran cosas separadas; en el mismo momento en que se le ocurría hacer algo, ya lo estaba haciendo. Así que llamó a la puerta y esperó respuesta. Una vocecilla preguntó:

— ¿Quién es?

— Soy yo, Dominico — dijo Dominico.

— ¿Quién es Dominico? — preguntó la vocecilla, temblorosa.

— Soy un caminante que va por este camino, y me gustaría saludarte y pasar el rato contigo, quienquiera que seas, en esta casita encantadora.

— Serás uno de la Banda Funesta — dijo el de dentro —, que está poniendo voz de falsete para parecer un perro. Y tus amigos están ahí detrás de ti, como si lo viera.

—No, no, soy Dominico. Voy a ladrar para demos-
trártelo —y se puso a ladrar.

—Asómate por la ventana —dijo la voz de dentro.
Dominico corrió a la ventana y, alzándose de puntillas, apoyó las patas de delante en el antepecho y se
asomó a mirar. Vio a un cerdo muy viejo, muy arrugado, muy poco sonrosado y con mala cara, metido
en la cama; estaba rodeado de almohadas y tapado
con la colcha de más colorines que Dominico había
visto en su vida. Sobre la cocina, no lejos de la cama,
había una pava echando vapor. Y por supuesto, el

cerdo, mirándole con ojos pitañosos, vio a Dominico.

—Entra —dijo—. Debajo de esa maceta que hay a la izquierda de la puerta está la llave.

Dominico entró.

—Echa la llave, por favor —dijo el cerdo, y Dominico la echó. Lo primero que Dominico notaba siempre eran los olores. Aquel cuarto olía a cuarto de enfermo. El aire estaba viciado. Y el cerdo olía a cerdo enfermo. Dominico se acercó a la cama y se sentó cerca de él.

—Lamento que no estés bien —dijo.

—No es que no esté bien —dijo el cerdo—, es que estoy fatal. Casi no he tenido fuerzas para encender la cocina y poner la pava. El té siempre me anima, y me apetecía tomar un poco.

—A mí también me apetece —dijo Dominico—. Yo lo prepararé. Tú quédate ahí quietecito y a gusto.

Por el olfato descubrió dónde estaba el té. Descubrió también dónde estaba el azúcar y dónde estaba la leche. Y ya puesto a olfatear descubrió unos bollos de maíz y una mermelada de naranja, y unos huevos de perdiz, que preparó revueltos con un poquito de perejil fresco.

Al anciano cerdo enfermo le consoló mucho ver la vivacidad de Dominico. Sus ánimos renacieron.

—¡Qué suerte, qué suerte tan grande he tenido con que pasaras por aquí! ¿Te imporaría decirme a dónde ibas?

—A ningún sitio en particular —dijo Dominico—. Voy a mi aire, de camino hasta donde llegue, a buscar lo que encuentre.

—Pues espero que no encuentres a la Banda Funesta —dijo el cerdo.

—A lo mejor la he encontrado ya —dijo Dominico. Y contó lo del zorro, la comadreja y el hurón que le habían atrapado, o que creían haberle atrapado, en aquel hoyo.

—Son ellos, efectivamente —murmuró el cerdo—. Forman parte de la banda.

—Bueno, pues no me dan miedo —dijo Dominico, que después de servir al cerdo su té y su comida se había puesto rápidamente a comerse la suya. Costaría trabajo decir quién de los dos comía con mejores modales, si el cerdo o Dominico. Cada cual tenía su estilo, su manera de tomar el huevo, su manera de

sujetar la taza y beberse el té. El cerdo declaró que Dominico guisaba como el más consumado cocinero. Dominico se sonrojó por debajo de los pelos.

—Cuéntame cosas de ti —dijo mientras recogía los platos. La comida había reclamado toda su atención, pero ahora sentía curiosidad acerca de su anfitrión.

—Está bien —dijo el cerdo—, pero siéntate a mi lado. Me fatigo en seguida, y no puedo hablar si andas de acá para allá.

Dominico se acomodó al lado del cerdo.

—Me llamo Bartolomé —dijo el cerdo—, Bartolomé Tejón. No me preguntes cómo una familia de cerdos puede llegar a apellidarse Tejón. No lo sé. Y mi padre y mi abuelo tampoco lo sabían. Es un apellido que viene de muy antiguo… Yo tengo cien años. Si me pusiera a contarte toda la historia de mi vida, como casi no tengo fuerzas ni para mover las quijadas al hablar, podría tardar otros cien años en contártela. Te contaré tres o cuatro cosas nada más.

Pero sólo con decir esto el cerdo se había fatigado tanto que se quedó dormido.

Dominico le lavó con alcohol de friegas mientras dormía. Abrió todas las ventanas para que entrara aire fresco y saliera el aire viciado. Después salió de la casa y recogió un alegre ramillete de flores silvestres, de esas tan silvestres que no tienen nombre, y las colocó en un bonito florero sobre la mesilla de noche del señor Tejón.

Cuando éste se despertó empezó a hablar otra vez, como sin darse cuenta de haberse interrumpido.

—Yo estoy solo en el mundo y creo que ya no he de vivir mucho. He tenido una vida muy interesante. ¡Ojalá te pudiera contar todas las cosas maravillosas

que me han pasado, todas las cosas raras que he visto, todas las emocionantes aventuras que he corrido! Espero que tú tengas…

El señor Tejón volvió a adormilarse. Se puso a roncar, y un moscón le revoloteó alrededor del hocico. Dominico lo espantó.

Al cabo de una hora de siesta, el cerdo se despertó y prosiguió:

—… una vida igual de buena. Antes esto era muy tranquilo; era el lugar más agradable que imaginarse pueda. Pero ahora todo el mundo vive con la puerta atrancada y siempre en guardia contra los sucesos imprevistos. ¿He dicho imprevistos? Previstos debería decir. Es por la maldita Banda Funesta. Sabe Dios de dónde habrán venido y cómo habrán empezado. Pero lo cierto es que se pasan la vida recorriendo este camino para no hacer más que maldades, y nos tienen a todos preocupados y angustiados.

»Cuando yo era más joven no tenía problemas con ellos. Me temían. Yo era un cerdo la mar de poderoso, aunque me esté mal el decirlo. Pero ahora que soy viejo y débil, siempre están intentando entrar aquí para llevarse lo que se les antoje. Me gustaría tener las fuerzas que tenía cuando era joven, aunque sólo fuese por un día, para darles lo que se merecen. ¡Entonces se iba a ver lo que es bueno!

Mientras decía esto, el señor Tejón se fue excitando de tal forma que empezó a estremecerse de pies a cabeza. La cama empezó a bambolearse, y pareció como si la casa entera temblara de su rabia. Dominico tuvo que calmarle. Le dijo que él vigilaría para que nadie entrase en la casa. Cerró bien todas las puertas y ventanas, y, acordándose de la historia de los tres cerditos, avivó el fuego de la chimenea para que nadie pudiera bajar por allí.

El señor Tejón volvió a quedarse dormido. La casa se puso muy caliente. También Dominico se durmió. El cerdo y él soñaron con el calor, con un sol abrasador, con ascuas encendidas, vapores humeantes, lava derretida...

VI.

Durante los días siguientes Dominico fue el enfermero, el criado y el amigo del señor Tejón. Le daba bien de comer. Le tenía la casa limpia y arreglada; hablaba con él y le escuchaba. Le tenía abrigado cuando el cerdo notaba frío y le abanicaba cuando sentía demasiado calor. Lo más beneficioso de todo era la música que tocaba con el flautín. Eso apaciguaba el espíritu del cerdo.

Un día el señor Tejón le pidió a Dominico que se sentara a su lado para hablarle de cosas serias.

—Dominico —dijo—; Dominico, amigo mío; porque eres mi amigo, aunque sólo haga unos cuantos días que nos conocemos... Dominico, sé que me ha llegado la hora de dejar esta vida. Ya he vivido cien años, y no voy a vivir más. He llegado al final de la historia titulada Bartolomé Tejón. Como ya te he dicho, estoy solo en el mundo. He tenido muchos parientes, muchos amigos, todos ellos muy queridos, pero todos fallecieron antes que yo. Yo fui el último hijo de mi madre, el benjamín de la familia.

Mientras el señor Tejón hacía una pausa para descansar, Dominico trató de imaginárselo de pequeño, pero la única imagen que le venía era la de un cerdo pequeñito todo viejo y arrugado. El señor Tejón continuó:

—Estuve casado muy felizmente; estaba muy enamorado de mi esposa y era próspero, pero nunca tuvimos hijos. Fue lo único que nos faltó en la vida. ¡Cuánto anhelábamos tener cerditos! ¡Disfrutábamos, claro está, jugando con los hijos de otros, pero no era lo mismo que si hubieran sido nuestros. Dominico, yo espero por tu bien que tú tengas muchos hijos. Pero ahora quiero hablarte de algo más inmediato. Espera un momento, que tengo que tomar resuello.

Estaba preocupado por algo que quería decir.

—Dominico, haz el favor de darme un trago de coñac para que pueda seguir hablando.

Dominico le sirvió al señor Tejón un vasito de coñac de manzana y se puso un poco para él. Era fuerte aquello, y tuvo que gruñir para apagar el ardor que le dejó en la garganta.

—Sigo, Dominico. Esa pandilla repugnante de ladrones y asesinos no anda sólo detrás de las cosas que ves en esta casa. Saben que soy extraordinariamente rico (y desde ahora lo sabes tú también), y quieren mi fortuna. Pero no conseguirán poner en ella sus sucias patas. Está enterrada, y el único que sabe dónde está enterrada soy yo. Esos sinvergüenzas de la Banda Funesta han ensayado todos los trucos posibles para arrancarme el secreto. Hasta llegaron a pasarse todo un día predicándome la caridad, uno por cada ventana, vociferando consignas piadosas. Pero yo ya he vivido mucho, bien lo sabe Dios, como para no saber lo que hay detrás de todo ese teatro.

El señor Tejón miró a Dominico con cariño.

—Dominico —dijo, apoyando su pezuña en la pata de Dominico—, quiero que tú heredes mi fortuna.

Dominico se quedó de una pieza.

—No, no —protestó—; yo no te he ayudado para ganar nada. Te he ayudado porque necesitabas ayuda. Además, no te vas a morir.

—Sí que me voy a morir —dijo Bartolomé Tejón—; como que hoy es miércoles catorce, que me voy a morir.

Dominico miró el calendario. Era miércoles catorce.

—Yo ya sé que tú no me has ayudado pensando en una recompensa. De todos modos, no se trata de recompensas. Te dejo heredero de todos mis bienes,

de todas mis propiedades. Punto. Ya has visto ese peral que hay detrás de la casa. Ponte al lado del peral mirando al sur. Da ciento tres pasos y llegarás a cuatro piedras negras que están juntas formando un cuadrado. Levanta las piedras y cava ahí. Todo lo que encuentres es tuyo.

—Quédate con tu dinero —dijo Dominico—. Yo no lo quiero. Yo lo único que quiero es que sigas vivo y te pongas bien. ¡Apuesto a que vives cien años más!

—No digas tonterías —dijo el cerdo, con cara de estar muy, muy cansado—. No sé en que momento me iré. Te digo adiós ahora. ¡Estoy tan contento de haberte conocido, y tan agradecido por tu bondad! Ahora, por favor, toca algo bonito con el flautín.

Dominico tocó el flautín. Tocó durante bastante rato, y mientras él estaba tocando Bartolomé Tejón se fue al otro mundo, con una sonrisa apacible en la cara. Dominico, preocupado, intentó despertarle; entonces se dio cuenta de que el cerdo estaba muerto.

VII.
Dominico salió a dar un largo paseo, y estuvo pensando mucho. Aún seguía andando cuando salieron las estrellas. Se sentó en el suelo, afligido, y miró hacia ellas. La vida era misteriosa. Bartolomé Tejón había estado vivo mucho antes de que existiera ningún Dominico; mucho antes de que a nadie se le hubiera ocurrido siquiera que pudiera existir semejante perro. Hacía dos horas, Bartolomé Tejón seguía vivo. Pero ahora ya no existía. Ya no había ningún Bartolomé Tejón; sólo había un recuerdo. Su turno había acabado. El turno de Dominico estaba todavía empezando. Había muchos que ni siquiera habían empezado a existir aún, pero que existirían, en algún momento del futuro; todo un mundo nuevo de seres, unos importantes, otros no, y muchos de ellos meditando sobre la vida lo mismo que Dominico estaba meditando ahora. Les llegaría

su turno, y entonces el turno de Dominico habría acabado. Muchos de ellos pensarían en el pasado, que ahora era el presente, pero para entonces lo que ahora era el futuro habría pasado a ser presente.

Sin saber cómo, aquellas reflexiones hicieron que Dominico se sintiera más religioso que de costumbre. Se adormeció bajo la vasta cúpula de estrellas temblorosas y en el instante en que se dormía, pasando a la fase de los sueños, sintió que comprendía el secreto de la vida. Pero a la luz de la mañana, cuando se despertó, su comprensión del secreto había desaparecido, lo mismo que las estrellas. El misterio seguía estando allí, llenándole de estupor.

Volvió a la casa. No le apetecía desayunar. No tenía ganas. Fue al cobertizo de las herramientas en busca de la pala del señor Tejón, y se puso a trabajar al sol de la mañana, cavando una fosa profunda. Cavó la fosa al pie de un alto roble, tan viejo como el señor Tejón, que había a la entrada; y allí enterró al cerdo.

Luego se apoyó en la pala para descansar; el mango de madera estaba caliente de resultas de sus esfuerzos. En el momento en que dejó de estar atareado, sintió que le temblaba el corazón. Tenía que llorar. La vida, de pronto, era demasiado triste. Y sin embargo era hermosa. La hermosura se dejaba de ver cuando la tristeza lo llenaba todo. Y la hermosura volvía a estar cuando la tristeza se marchaba. Así que de algún modo la hermosura y la tristeza estaban unidas, aunque no fueran lo mismo, ni mucho menos.

Dominico no soportaba la murria por mucho

tiempo. La murria era muy triste, y Dominico era alegre de espíritu, le gustaba divertirse. Así que tenía que irse de allí. Se sacudió la congoja y, como todavía

sujetaba la pala con la que había enterrado al señor Tejón, se fue a sacar el tesoro.

Se dirigió al peral que había detrás de la casa, se orientó por una veleta que había en el tejado y que señalaba las cuatro direcciones principales del mundo, y se colocó mirando al sur, de espaldas al árbol. Después contó cuidadosamente ciento tres pasos y se detuvo, buscando las cuatro piedras que debían formar un cuadrado, según le había dicho el cerdo. No estaban allí.

Tal vez hubiera cometido algún error. No había que ponerse nervioso. Regresó al peral, comprobó que estaba orientado en la dirección debida, y volvió a contar ciento tres pasos. Las piedras seguían sin aparecer. Se sentó a pensar. «¡Ya está! Cuando el señor Tejón decía pasos — pensó —, se refería a pasos suyos, pasos de cerdo, no pasos de perro.» Se puso en pie de un salto, volvió nuevamente junto al peral, contó ciento tres pasos y siguió caminando hacia el sur. Al llegar a los ciento cincuenta y un pasos de Dominico encontró las cuatro piedras negras que decía el señor Tejón. Las levantó y se puso a cavar.

Más abajo de la capa superficial de la tierra la pala chocó con algo duro. Resultó ser un pequeño cofre ceñido de bandas de metal claveteadas. Lo sacó tirando del asa de hierro y lo abrió. Estaba lleno hasta arriba de perlas valiosísimas. El cerdo estimaba las perlas más que ninguna otra cosa, y fueron lo último que confió a la tierra. Más abajo había un segundo cofre, un poco mayor que el primero. Dominico hizo saltar la cerradura golpeándola con una piedra. El cofre estaba lleno a rebosar de diamantes, rubíes, esmeraldas, amatistas, zafiros, alejandritas, granates y otras piedras preciosas, todas ellas engarzadas en deslumbrantes collares, anillos, pendientes, aros para la nariz, broches, pulseras, guardapelos y ajorcas; y al quedar aquellos objetos a pleno sol, despedían

chispas claras y cristalinas de vívida luz en todas
direcciones.

Dominico se quedó maravillado ante aquel espectáculo. Siguió cavando. En lo más profundo del hoyo,
ya pegando en la roca, había un saco de cuero repleto
de monedas de oro. El saco contenía algo más. Como
para demostrar que era el destino lo que había impul-
sado a Dominico a correr mundo y después le había
llevado a la casa del cerdo y por último hasta el tesoro,
allí había un flautín, precisamente el instrumento
que le deleitaba tocar, de oro macizo.

Inmediatamente probó aquel nuevo instrumento.
Las notas que daba eran de oro, como el instrumento
mismo. Las gemas que centelleaban al sol, la alegre

música que salía del flautín y las flores silvestres que le rodeaban por todas partes disiparon los últimos restos de su melancolía.

Estaba embelesado. No se daba cuenta de que entre tanto le había rodeado todo un ejército de seres hostiles. Todos los miembros de la Banda Funesta — cuatro zorros, tres comadrejas, ocho hurones, un gato montés, un lobo, seis gatos, dos dingos y un pelotón de ratas —, armados hasta los dientes con diversas armas, habían formado un amplio cerco a su alrededor, y tenían los ojos puestos en él y en aquel tesoro fabuloso desde detrás de piedras, árboles, montículos, la casa, el cobertizo, las otras dependencias y todo aquello que pudiera ocultarles.

De repente la nariz de Dominico, que hasta entonces había estado distraída, se puso alerta. Le dijo que
algo se estaba tramando por allí. Dejó de tocar, miró,
y vio lo bastante para saber que estaba cercado. ¡Su
lanza! ¿Dónde estaba su lanza maravillosa? Ladró fie-

ramente para intimidar a sus enemigos, corrió a la
casa, agarró la lanza y volvió junto al tesoro como
una flecha, antes de que la horda de forajidos pudiera
llegar hasta él. Entonces se le echaron encima.

   ¡Qué feroz batalla se entabló! Uno solo, Dominico,
contra tantos, toda la Banda Funesta. Trataron de
arramblar con lo que pudieron del tesoro y trataron
de someter a Dominico. Pero él no estaba dispuesto
a achicarse ni a someterse. No era que el tesoro le
importara tanto, era que detestaba toda clase de vi-

llanía. Los forajidos blandían sus armas, esgrimían sus dagas, sus cachiporras y sus espadas; le atacaban por los flancos, le acometían por detrás y por delante, pero Dominico manejaba su indomable lanza con tanta agilidad, con tanta energía y ferocidad, con

tanta astucia, que ni uno solo de los rufianes consiguió tocar el tesoro.

¡Qué estrépito y centelleo de armas bajo el sol! Jamás había peleado nadie con tanta furia, con tanta aplicación como peleó Dominico para proteger las valiosas joyas del cerdo y su propia y valiosa persona. Aquellos viles mequetrefes le habían amargado la vida al buen cerdo con sus artimañas, y él estaba resuelto a que ninguno de ellos se llevara ni una sola perla. Y tampoco hacía falta el hoyo que acababa de cavar para recordarle aquel otro en el que una vez habían creído tenerle acorralado.

La batalla seguía, seguía, y al fin Dominico empezó a cansarse. Eran muchos contra uno. Los villanos podían descansar, podían pararse a tomar resuello, uno, dos o tres de cada vez, pero Dominico no descansaba nada. Jadeaba horriblemente. Sabía que sus fuerzas no darían mucho más de sí; tendría que abandonar el tesoro y echar a correr, si quería seguir vivo. Miró a su alrededor, buscando una salida. No la había.

Entonces oyó algo. Vagamente primero, luego creciendo con rapidez, se oía un zumbido muy extraño. El aire se llenó del sordo estruendo de millares de

avispas iracundas, que desde los cuatro puntos cardinales se abalanzaron sobre los de la Banda Funesta, aguijoneando a diestro y siniestro y por doquier. ¡Qué aullidos y alaridos se oyeron entonces! ¡Qué berridos!

¡Qué gañidos, qué gritos, qué bochinche! ¡Qué carreras y tropezones, qué zambullidas a las acequias, qué prisas por guarecerse en las matas, entre los árboles y los arbustos, hasta en las zarzas!

La horda de avispas vengadoras dispersó a los bandidos derrotados por todo el veraniego paisaje, hasta que se perdieron de vista. Fue una victoria aplastante. Pero detrás quedaba una sola avispa, y, antes de salir volando en pos de las otras, llamó hacia sí la atención de Dominico y describió por el aire estas palabras:

—¡Gracias! —gritó Dominico.

escribió la avispa.

VIII.
Dominico estaba agotado. Miró con amor a la avispa que se alejaba y se tiró al suelo, y rodó por la hierba fresca hasta que se le pasó el jadeo. Entonces se quedó dormido, y no se despertó hasta la mañana siguiente, salvo una vez, brevemente, para escuchar a un búho. «¿Por qué hay búhos?», se preguntó. «¿Por qué cualquier cosa?», se respondió, y se volvió a dormir.

Por la mañana Dominico se acordó de una cosa que se le había olvidado hacer el día anterior: una lápida digna y duradera para la sepultura del señor Tejón. Buscó una losa plana de granito, y esculpió en ella:

AQUÍ YACE

BARTOLOMÉ TEJÓN

UN CERDO MARAVILLOSO

VIVIÓ UN SIGLO

Hincó la piedra a la cabecera de la tumba y apelmazó bien la tierra alrededor. Al pie de la tumba puso unas rosas rojas. Otra vez tuvo que llorar. Luego entró en la casa, desayunó y se guardó en el pañolón unos bocadillos, unas galletas y algo de fruta. Seguidamente cerró otra vez la casa echando el cerrojo y volvió a poner la llave debajo de la maceta que había a la izquierda de la puerta. No sabía qué otra cosa hacer con ella. Echó el cierre a los cofres del tesoro,

cerró el saco de las monedas de oro, metió el flautín de oro en el pañolón, y con una cuerda que encontró en el cobertizo se las apañó para atarse sobre el lomo los dos cofres y el saco. Después dijo un adiós silencioso al señor Tejón y a su casa, y echó a andar, doblado bajo el peso de aquella inmensa fortuna.

El día era caluroso, y Dominico iba demasiado cargado. Tenía que descansar a menudo. A última hora

de la mañana hizo un alto junto a una riente cascada y se echó a nadar en la hermosa laguna que había a su pie, gozando de aquella fluida sensación de unidad con el fresco líquido. Luego se lavó la ropa, la tendió en la lanza y se echó la siesta mientras se le secaba.

Muy refrescado, se volvió a poner el fardo sobre el lomo y siguió su camino. Pero pronto las patas empezaron a fallarle y a temblar, y deseó que las riquezas no pesaran tanto. Ahora tenía que ir cuesta arriba, y era todavía peor.

Al llegar a lo alto se encontró con un burro dormido. Dominico dejó la carga en el suelo, retorciéndose para bajarla, y le tocó respetuosamente en un hombro. Ni caso. Dominico ladró. Al oírle el burro dio un salto, y se despertó, por lo menos a medias. Con cierto esfuerzo fijó en Dominico sus ojos soñolientos.

—Sí, ¿qué pasa? —preguntó, bostezando.

—Buenos días —dijo Dominico—. Espero que estés despierto. Quiero proponerte una cosa. ¿Ves ese equipaje? —El burro enfocó en los cofres sus ojos cansados.— Ese equipaje está lleno de riquezas: perlas, oro y piedras preciosas. Por cierto, yo me llamo Dominico. ¿Tú cómo te llamas?

—Elías. Elías Gorrino —dijo el burro—. ¿Cómo estás?

—El peso de esos cofres —dijo Dominico, yendo al grano— es demasiado para mí. Así no puedo viajar. Estoy hecho polvo. Te doy la mitad de lo que va ahí dentro si me llevas las cosas. Y si me llevas a mí también.

—¿Hasta dónde? —pregunto Elías.

—¿Hasta dónde? —repitió Dominico—. Es una buena pregunta. Hasta dónde. ¿Y si nos hiciéramos compañeros y viajáramos hasta muy lejos y mucho tiempo?

—A ver qué es lo que llevas —dijo el burro.

Dominico abrió los cofres y el saco.

—Trato hecho —dijo el burro, que de puro asombrado no pudo decir otra cosa.

Cerrado el trato, Dominico se comió un bocadillo mientras Elías pastaba en la pradera. Luego ató el equipaje al lomo del burro, y tomando carrerilla se subió de un salto y se sentó delante. Empezaron a bajar del montículo por el otro lado.

«Cuánto mejor —iba pensando Dominico—, es ir montado en burro que ir a pie. ¡Qué lujo! Yo no tengo que hacer nada, y a pesar de eso avanzo, llego a un sitio, y conmigo mi equipaje.» No es que Dominico fuera perezoso, ni mucho menos, sino que se había quedado exhausto de acarrear un peso tantas veces superior al suyo.

—Oye, Elías —dijo—, ¿tú te has tropezado alguna vez con los de la Banda Funesta?

—¿Que si me he tropezado? Ya lo creo —dijo Elías—. Quisieron convencerme de que me uniera a la banda. ¿Y sabes para qué? Para que les llevara a lomos por toda la comarca para hacer sus maldades. Pero yo no soy tonto, aunque sea burro. Desde que me negué a juntarme con ellos me han dado bastantes malos ratos; podría enseñar cicatrices que tengo por unos sitios y por otros. Y ellos se han llevado unas cuantas coces como recuerdo de éste su seguro servidor.

Dominico, cómodamente instalado sobre el lomo de Elías, le contó sus experiencias con la banda.

—Cuenta con que volverás a tener noticias de ellos —dijo Elías.

Y, efectivamente, pronto llegaron a un árbol que tenía un cartel clavado con una estaca. El cartel llevaba un retrato muy mal hecho de Dominico y un mensaje:

SE BUSCA VIVO O MUERTO

POR LLEVARSE UN TESORO

QUE NO ERA SUYO.

¡TIEMBLA, DOMINICO!

LA BANDA FUNESTA

Dominico, enfurecido, arrancó el cartel. Elías lo piso-teó con sus recios cascos hasta enterrarlo en el suelo.

—¡No se van a llevar *nuestro* tesoro! —dijo.

Marchaban ahora por terreno montuoso. Elías se-guía el accidentado camino quejándose de lo empina-das que eran la subidas. Y también las bajadas eran trabajosas, porque tenía que mantener una postura muy incómoda, con las patas de atrás dobladas y las de delante estiradas.

—¡Mira que pesa esta carga!—, decía una y otra vez.

Al cabo de un rato se quejaba hasta en los tramos llanos. Y, para colmo de molestias, Dominico no se estaba quieto ni un momento.

—Dominico —dijo Elías —, vamos a hacer un trato nuevo. Dame menos del tesoro. Resta la parte corres-pondiente a llevarte, y bájate de mi lomo.

Dominico se bajó de un salto.

—Como quieras —dijo. Estaba verdaderamente contento de verse de nuevo en tierra, después de un descanso tan largo, y se puso a dar brincos y a corre-tear alegremente a los pies de Elías, de acá para allá.

Pronto llegaron a un campo de alfalfa. Elías se fue derechito a la alfalfa y, con todo el equipaje sobre el lomo, se puso a comer.

—Mira, Dominico —dijo —, yo soy un burro pere-zoso, lo reconozco. Yo no he nacido para acarrear pesos. Y la verdad es que no quiero ser rico. ¡Huy, qué alfalfa más buena! Oye, ¿y si me quitaras las cosas del lomo y deshiciéramos el trato?

Dominico lo comprendió. Tampoco a él le gustaba ir cargado de cosas.

—Por supuesto, Elías —dijo—. ¡Si tú lo prefieres!

Rebuscó en uno de los cofres, escogió dos de los mejores collares de diamantes, y se los colgó a Elías uno de cada oreja, donde le pareció que le quedaban bien. Después se echó al hombro el equipaje, deseó buena suerte al sabio burro, y siguió camino adelante.

Elías, adornado de diamantes, pastaba. Tenía el propósito de vivir cerca de aquel campo de alfalfa durante tantos días como tardase en comérselo sin prisas, parándose a soñar despierto y a mirar a las estrellas con tanta frecuencia como este peculiar trabajo requería.

IX. Otra vez volvió a cansarse Dominico después de un corto recorrido con el tesoro a cuestas, así que se liberó de la carga y se tendió a descansar. Primero se tendió de lado, después boca arriba, y lo único que veía era el cielo y sus patas, y luego boca abajo, con la cara contra la fresca hierba. Al instante se le saltaron los ojos de asombro y se le pusieron de punta las orejas: a una piedra que tenía justo delante le había salido una cabeza. Dominico recobró la compostura y dijo con todo respeto:

—Buenos días, señor.

—Buenos días —dijo la tortuga—. Vaya montón de adminículos que trae usted ahí.

Dominico rodó sobre el lomo y se puso las patas detrás de la cabeza. Y dijo:

—Seguro que no se imagina usted lo que hay en esos cofres.

—Sus cosas —dijo la tortuga.

—Sí, son cosas mías —dijo Dominico—. Pero ¿qué son?

—Ropa, cacharros, platos, menudencias, todo eso.

—Otra cosa.

—Géneros para vender en el mercado —dijo la tortuga—. Alcayatas, chinchetas, bastidores de bordar y agujas de remendar.

—No —dijo Dominico sonriente—. Otra cosa.

—Los útiles de su oficio —dijo la tortuga—. Brochas y cubos si es usted pintor; martillos, clavos, alicates, destornilladores, si es carpintero...

—Le dejo decir otra cosa más —dijo Dominico.

—¡Ya está! —dijo la tortuga, echándose a reír—. ¡Es usted el sultán de Sizán, el soberano más rico de todo el universo, y esos cofres están repletos de oro y diamantes!

Ahora le tocaba reír a Dominico. Abrió los dos cofres, y la tortuga, que esperaba encontrarse con alguna cosa corriente, o por lo menos sólo un poquito fuera de lo normal, casi se cae patas arriba de la impresión. Entonces sí que se desternilló de risa, estremeciéndose dentro de la concha, al ver lo equivocado que había estado cuando creyó que acertaba y lo acertado que había estado cuando creyó que se equivocaba. Dominico le miraba orgulloso y satisfecho, con el sombrero de marino ladeado sobre una oreja.

—¡Cielos! Pero ¿cómo ha conseguido usted todo esto? —preguntó for fin la tortuga.

Dominico se sentó, dio un suspiro y le contó toda su historia, incluidos los episodios relativos a la Banda Funesta.

—Yo les conozco —dijo la tortuga—. Por aquí todo el mundo les conoce. Pero para mí no son ningún problema. Que aparecen, yo me meto en la concha. Pueden golpearla todo lo que quieran, que yo no hago caso. Que me dan la vuelta, pues me quedo patas arriba. Al cabo del rato se hartan de que no pase nada y se van. Antes o después llega alguien que me ayuda, y yo me vuelvo a poner del derecho y sigo en lo que estuviera haciendo. Es una pena que usted no tenga una concha como ésta.

Dominico no entendía la manera de pensar de la tortuga. Si él tuviera una concha, no se escondería dentro. Cada vez que había algún conflicto, su filosofía era salirle al encuentro inmediatamente. Y le sorprendía que otros reaccionaran de distinto modo. Decidió presentarse.

—Yo me llamo Dominico, ¿y usted?

—Leandro Canguro. Es un apellido curioso para una tortuga, ¿verdad? En mi familia se remonta a muchas generaciones, y cada generación es de cien años.

—¿Y usted qué edad tiene? —preguntó Dominico.

—Doscientos cincuenta y ocho años.

—¡Caramba! —dijo Dominico—. ¡Caramba, caramba! Ya son años.

—No tantos, para una tortuga—. La verdad es que Leandro no tenía más que *ciento* cincuenta y ocho; pero había tomado la costumbre de exagerar su edad para impresionar.

Como Dominico sólo tenía año y medio y se sentía muy maduro, le costaba trabajo creer que se pudiera ser joven con una edad muy superior a ésa.

—Tengo una cosa que proponerle —dijo, cambiando de tema—. ¿Le gustaría a usted ser una tortuga rica? ¿Una tortuga riquísima? Lo único que tiene que hacer es llevar el tesoro por mí y nos lo repartiremos al cincuenta por ciento.

—¿Hasta dónde? —preguntó Leandro.

—Hasta bastante lejos —dijo Dominico—. Y si le agrada mi compañía, hasta más allá.

—Trato hecho —dijo la tortuga—. Vamos.

Dominico le sujetó los cofres y el saco al caparazón,

y echaron a andar el uno al lado del otro. Pero a los pocos segundos Dominico estaba ya muy lejos y la tortuga casi no se había movido. Dominico volvió corriendo.

—¿Le pasa algo? —preguntó.

—Nada —contestó Leandro.

—Pues entonces vamos más deprisa —dijo Dominico.

—Éste es mi paso normal —dijo Leandro—. Puede ser que con el peso vaya un poco más despacio. No estoy seguro. Tendría que pensarlo. Suelo hacer unos ochocientos metros en un día de viaje.

Dominico hacía mil quinientos metros en dos minutos.

—Así no me extraña que viva usted tanto —dijo—. Si no fuera así no llegaría a ninguna parte.

Intentó andar de puntillas al paso de la tortuga, pero no era capaz de ir tan despacio. Decidió explorar el terreno de alrededor mientras Leandro hacía el camino centímetro a centímetro. Descubrió una cascada maravillosa y entró y salió de ellas seis veces. Vio a unos caballos que estaban segando un prado. Estuvo mirando cómo trabajaban y habló con ellos de muchísimas cosas, hasta del tiempo y del régimen de los vegetarianos. Y cuando volvió corriendo al camino, le pareció que Leandro no había avanzado nada.

—Sabe usted —dijo Leandro—, es posible que el peso me haga ir más despacio. En realidad no es demasiado despacio *para mí*, pero veo que para usted lo es. Es usted un poquito nervioso. De todos modos, tengo una idea. Átese las cosas al lomo y luego súbase encima de mí. Así iremos más a gusto los dos: usted llevará sus cosas, pero sin cansarse, y yo sólo le llevaré a usted.

Dominico estaba dispuesto a intentarlo, y lo intentaron, pero Leandro dijo que era peor, como no podía por menos de ser, y Dominico se impacientó de verse sentado y moviéndose a paso tan cansino. No era

como ir montado en Elías Gorrino. Aquello le exasperaba, amenazaba con estropearle el buen humor.

Al fin no se pudo contener y dijo:

—Yo esto no lo resisto, Leandro. Sé que es usted una tortuga joven y atlética. Quizá sea la tortuga más rápida de esta parte del mundo, pero esta velocidad va a acabar conmigo. Esto no resulta como yo esperaba. ¿Le importaría que deshiciéramos el trato?

A Leandro no le importó, porque andar no era un ejercicio que le volviera loco, y menos con una carga pesada sobre el lomo. A veces se pasaba días enteros en un mismo sitio, sin pensar en nada, sin preguntarse nada, estando sin más.

Dominico le dio unas cuantas monedas de oro y un anillo de rubíes, que la tortuga se guardo dentro de la concha. Después le dio un beso de despedida en lo alto de su huesuda cabeza, se echó la carga al hombro y salió pitando. Aquella libertad, después de la insoportable lentitud de la tortuga, le puso contentísimo. El peso le parecía nada, un paquete de pelusa, sacos de aire.

Al cabo de un rato, como era de esperar, volvió a notar la carga. Y aquella noche durmió como un tronco: como un tronco blando y suspirante.

X. Dominico se despertó por la mañana con una sonrisa de felicidad en la cara. El suave resplandor de un sol rosáceo bañaba el aire, y los pajaritos cantaban tan líricamente que él sacó su flautín de oro y se puso a hacer música con ellos. El mundo era un lugar cálido y apacible. Dominico bailoteó por la hierba. Luego, desbordante de júbilo, arrojó la lanza al aire, donde el sol mañanero la pintó de rosa por un instante.

Se comió la última galleta para desayunar, se lavó rodando por el rocío, y una vez más emprendió la marcha con la carga sobre el lomo.

En seguida se encontró con un jabalí que estaba llorando.

—¿Por qué lloras? —preguntó Dominico.

—Porque tengo muy mala suerte, una suerte horrible —sollozó el desgraciado jabalí—. Es una larga historia.

—Cuéntamela —dijo Dominico.

—Pues, dicho en pocas palabras —dijo el jabalí—, estoy enamorado. Jamás había estado tan enamorado. ¡Es maravillosa! ¡Tiene unas cerdas! ¡Unos dientes blanquísimos! ¡Unos ojos castaños tan cariñosos! ¡Una gracia para moverse! En fin, por no extenderme demasiado, que nos vamos a casar. Mejor dicho, nos *íbamos* a casar. Ahora ya no sé.

»Llevo dos años ahorrando para la boda y la luna de miel, y para hacer una casa, porque habíamos decidido dejar de ser silvestres y civilizarnos. ¡Ay, qué felices éramos haciendo planes para el futuro! De hoy en una semana exactamente iba a tener lugar la ceremonia. Yo tenía todo el dinero escondido en una cueva donde estaba seguro de que nadie lo podía encontrar. Nadie más lo sabía…, o eso creía yo.

»Esta mañana fui a contar el dinero. ¿A ti te gusta contar dinero? Yo…

Al llegar aquí, vencido por el dolor y la amargura, el jabalí se puso a llorar de nuevo. Tenía que dar puñetazos en tierra una y otra vez para desahogarse. A Dominico le dio tanta pena que también él tuvo que llorar.

Al ratito el jabalí pudo seguir adelante.

—Volviendo a mi historia, yo iba a contar el dinero. Me senté con el dinero delante, soñando con mi amada y la casita encantadora donde íbamos a vivir. Una casa al lado de un arroyo, con un bonito jardín, un baño de pájaros… ¿A ti te gustan los pájaros? —Dominico asintió con la cabeza—. Por cierto, que en el cuarto de juegos iba a poner una mesa de billar. Me encanta el billar… Bueno, pues como te iba diciendo… ¿Por dónde iba? ¡Ah!, sí. De pronto me veo rodeado por esos de la Banda Funesta. Me asaltan y

empiezan a pegarme con palos y piedras. Yo luché como un tigre, pero eran demasiados. Me ataron y se escaparon con el dinero.

»Tardé más de dos horas en roer las cuerdas. Salí en busca de mi novia, pero aquí en el camino, donde tú me has encontrado, no pude más y me eché a llorar.

Un sollozo más se le escapó al jabalí; sólo uno, porque se contuvo.

Dominico no cabía en sí de indignación contra aquellos gamberros y de compasión por el infortunado jabalí. Y dijo:

—Me parece que el destino me ha enviado a ti. Vas a poder hacer la boda, y la luna de miel y la casa con todos sus muebles, y todavía te quedará un resto para cualquier cosa que pueda surgir.

Y, en un arrebato de desprendimiento, vació los dos cofres sobre la hierba y amontonó parte de su contenido delante del jabalí, que se quedó boquiabierto, enseñando toda la longitud de sus colmillos. Dominico sacó un poco de oro del saco y lo echó al montón. El jabalí estaba sin habla. Entonces Dominico escogió un bello aro de nariz, de esmeraldas y amatistas, y dijo:

—¿Serviría esta chuchería como anillo de bodas para tu novia?

El jabalí se puso a llorar nuevamente, pero ya no de pena, sino de alegría incontenible.

—¡Cómo te lo podría agradecer en esta vida, por no decir en la siguiente, y dejando aparte contingencias imprevistas! —dijo—. No sé ni cómo empezar, ni mucho menos pergeñar un preámbulo adecuado a manera de comienzo, para decirte lo horriblemente feliz que me haces. Pero lo intentaré…

—No te molestes —dijo Dominico—, yo comprendo lo que sientes.

Estaba empezando a pensar que el jabalí tardaba demasiado en decir las cosas que decía.

—Tienes que venir a mi boda —dijo el jabalí—. Acuérdate de que es de hoy en una semana. Pregunta por Bernardo de la Cerda: ése soy yo. Por aquí todo el mundo me conoce y sabrá lo de la boda.

—Yo me llamo Dominico —dijo Dominico—. Seguro que voy, si estoy por esta zona.

Había dado al jabalí una parte tan grande del tesoro, que llenaba uno de los cofres. Recogieron las joyas, el oro y las perlas que quedaban sobre la hierba y los guardaron cuidadosamente en el otro. Mientras esto hacían, desde detrás de unos matorrales les vigilaban los ojillos brillantes de dos ratas de la Banda Funesta que andaban de exploración. Dominico no las olió porque el viento soplaba en sentido contrario.

XI.
Dominico y Bernardo de la Cerda se dijeron adiós. El jabalí se fue con el cofre al hombro a darle las noticias a su futura, tanto la buena noticia que era el regalo de Dominico como la mala, la de que la Banda Funesta se había llevado su dinero, que ya no era una noticia tan mala por lo buena que era la buena. Pensó darle primero la noticia mala, para que después la buena la pusiera mucho más contenta. Pero la verdad es que no quería ponerla triste, ni siquiera un ratito. Así que decidió empezar por abrir el cofre, enseñarle lo que llevaba dentro, y después explicárselo todo como mejor pudiera, intentando abreviar el largo relato.

Y Dominico se marchó por su lado con paso mucho más elástico, porque tenía un cofre menos que acarrear. ¿A dónde iba? En realidad no lo sabía, pero esperaba averiguarlo.

Al doblar un recodo del camino se dio de manos a boca con un animal que estaba postrado en el suelo, tirándose de los pelos y llorando a moco tendido. El animal llevaba gafas oscuras, sombrero de ala ancha y una capa que llegaba hasta los pies.

—¿Por qué lloras? —preguntó Dominico, aparentando que se lo creía. Él sabía quién se ocultaba bajo aquella ropa.

—¡Ay, ten compasión de mí! —dijo el animal—. Apiádate de mí. Tienes delante a uno de los seres más míseros y desgraciados que han existido nunca en el planeta. Esta mañana, esta mismísima mañana, una mañana muy hermosa, como recordarás, yo era rico, todo lo rico que se pueda desear, pero ahora soy un mendigo. Y me iba a casar muy pronto, muy pronto, con una de las hembras más hermosas de

toda la creación. Pero esos de la Banda Funesta —seguro que has oído hablar de ellos— me robaron el dinero.

Dominico no se tragó aquel cuento. El que hablaba

debajo del disfraz era el zorro, que no había contado con aquel instrumento sabio y sensible que era la nariz sabelotodo de Dominico. Dominico habría reconocido su olor con sólo olfatear una cosa que él hubiera rozado un año atrás. ¿Cómo no iba a reconocer por el olor al propio zorro, al mismísimo zorro que le había tenido metido en aquel hoyo, que le había atacado después de enterrar al señor Tejón?

—¡Oh, pobre criatura! —dijo Dominico, según descargaba el fardo y soltaba el pañolón de la lanza—. ¡Oh pobre, desgraciado, maltratado, mísero…, pérfido, cruel, maquinador y facineroso zorro! ¡Reza lo que sepas, rufián, porque te vas a llevar tu merecido! Tengo contigo una deuda que deseo vivamente saldar.

El villano zorro estaba desarmado, y conocía la lanza de Dominico y su manera de usarla. Dando

alaridos de pavor, salió disparado como una flecha, con Dominico pisándole los talones lanza en ristre.

Pero el zorro se escapó. Dominico no le persiguió hasta muy lejos, porque temía que mientras tanto algún otro u otros de la banda le robaran el tesoro que dejaba sin custodia. Volvió y husmeó el aire detenidamente, para asegurarse de que no había nadie más que los insectos y pájaros propios del lugar. Después reanudó la marcha.

Ahora el camino bordeaba un barranco, donde Dominico descubrió la caja torácica de un animal de gran tamaño que había perecido allí hacía largo tiempo. Aquello era como un festín preparado especialmente para él, y él tenía muchísima hambre. Las costillas, a pesar de su vejez, estaban ricas. De hecho, el tiempo les había añadido un saborcillo picante que sólo un buen catador de huesos habría sabido apreciar. Dominico se puso a roer con embeleso.

Mientras aquellos sabrosos huesos absorbían toda su atención, el zorro que acababa de poner en fuga, acompañado de dos miembros más de la Banda Funesta, venía disimuladamente para atacarle por la espalda. Dominico estaba metido en la caja torácica, que era como una especie de prisión suculenta, y allí le podrían haber atrapado; pero al verle mascar aquella osamenta con tan furiosa dedicación, se quedaron paralizados de espanto.

—Ese perro —logró apenas susurrar el hurón, con la garganta seca— tiene que ser terrible para haber dado muerte a un animal tan enorme.

—Sí —dijo el zorro—, y puede ser que todavía tenga hambre. No me hacía yo idea de con quién estamos tratando. Tendríamos que ser más de tres para someterle.

—Bien dicho —dijo el segundo zorro—. Bien dicho, sí señor.

Y se fueron de puntillas, con cuidado de no pisar una ramita seca ni echar a rodar un solo guijarro, ni hacer el menor ruido que distrajera a Dominico de los huesos.

XII. Cuando Dominico hubo comido hasta hartarse, se tumbó. Se rascó un poco, dio una docena de bostezos y una cabezadita y vuelta a caminar.

En seguida entró en un pinar. El peculiar aroma picante de los pinos era como un tónico. En lo alto de un nogal que había a poca distancia allá delante, vio una cosa que le sobresaltó: una gansa colgada por los pies. Dominico corrió hacia ella, y subiéndose al cofre del tesoro se sirvió de la lanza para cortar la cuerda y bajar a la gansa.

—¡Ten piedad de mí! —exclamó la gansa—. Tengo un frasquito de sales en el bolso...

Y, aleteando, se desmayó. Dominico consiguió volverla en sí con las sales. Ella miró a todas partes con ojos extraviados.

—¡Perrito guapo, perrito querido! —exclamó—.

Creí llegado el fin de mis días. ¡Imagínate, verme colgada por los pies cuando iba a la compra! ¡Y que hagan esto a una viuda con hijos que mantener!

—¿Qué ha pasado? —preguntó Dominico.

—Yo iba camino del mercado —dijo ella con voz temblorosa—. ¡Hacen falta tantas cosas en casa! Jabón, harina, azúcar. De té casi no hay nada, sólo quedan unas hojas en el fondo del bote. Pensaba llevarles unas galletas a los niños, de chocolate rallado o de coco, mermelada de grosella, unas naranjas... Pero esos cuatro (me parece que eran cuatro), esos cuatro sinvergüenzas enmascarados se abalanzaron sobre mí desde detrás de los árboles, y en un santiamén estaba colgada como me encontraste. Oí que uno de ellos decía: «Esta noche la asamos, cuando tengamos los arándanos», y luego se fueron. ¡Asarme, nada menos! A ver si a ellos les gustaría que les asaran..., con arándanos o sin arándanos. ¡Como si yo no tuviera otras cosas que hacer en la vida! Ni sé cuánto tiempo he estado colgada ahí. Me desmayé y volví en mí varias veces. Pensaba en lo maravilloso que es nadar, volar, pasear con mis pequeños. Pensaba en lo mucho que les quiero y en lo mucho que me necesitan, y no quería morir. ¡Cielo santo! ¡Si no llegas a pasar por aquí, habría una gansa menos en el mundo! ¿Cómo te podré pagar esto que has hecho?

—Su vida es mi recompensa —dijo Dominico inclinándose—. El mundo es mejor estando usted en él, estoy seguro. Me llamo Dominico. Y estoy a su servicio, señora.

Dominico era atentísimo con las señoras.

La gansa, por no ser menos, hizo una graciosa reverencia.

—Yo soy Matilde Raposa —dijo—. Vivo aquí cerca. Por si te interesa saber cómo puede un ganso llegar a llamarse Raposa, te diré que es que yo tuve un antepasado extraordinariamente inteligente. Era tan listo que le llamaban «la raposa». Con el tiempo el nombre llegó al Registro Civil, y vino a ser el apellido de la familia. Yo creo que uno de mis hijos se le parece.

—¡Qué interesante! —dijo Dominico cortésmente—. ¿Puedo acompañarla a su casa?

—Me encantaría —dijo la gansa—. Es en esa dirección.

Cogió el bolso y la cesta de la compra, Dominico agarró su carga, y emprendieron la marcha, anadeando y andando por el camino adelante.

Pronto llegaron a la casita de la gansa, que estaba situada a orillas de una laguna, en un sitio muy tranquilo. Cinco gansos pequeños nadaban en el agua, armando mucho alboroto con sus gritos, como suelen hacer los niños. La señora Raposa les llamó a la orilla y se los fue presentando a Dominico uno por uno. Se llamaban Alfa, Beta, Gamma, Delta y Épsilon.

A Dominico le gustaron muchísimo. Todas las crías de animales le producían una gran ternura, hasta las crías de culebra, especie ésta que por lo demás miraba con bastante antipatía.

Dominico hizo muchos elogios de la casa de la señora Raposa y de sus hijos, y ella le instó a quedarse con ellos todo el tiempo que quisiera. Él se quedó. Jugaba con los niños, y tenía conversaciones entretenidas e instructivas con su madre. A los niños les gustaba oírle tocar el flautín, sobre todo cuando estaban nadando. A veces hacían una especie de danza acuática, un líquido minué al compás de su música. Un día, jugando al water-polo, los gansitos se dedicaron a nadar alrededor de él sin dejarse atrapar, y Dominico se sonrojó de que unos seres tan pequeños pudieran con él. Pero se dijo para sus adentros: «Si el water-polo se jugara en tierra, les ganaría yo.»

La señora Raposa engordaba a Dominico con toda clase de guisos de postín: sopas deliciosas, ensaladas fragantes, empanadas celestiales y platos muy diversos, hechos con hierbas raras y refinadas salsas. A él le divertía adivinar los ingredientes por el olfato, «sacar» las recetas, y ni que decir tiene que acertaba siempre.

Después de aquellas comidas maravillosas se tendía soñoliento en la hamaca, o se sentaba al borde de la laguna con la señora Raposa, contemplando a los

niños y conversando. Hablaban de muchas cosas. La señora Raposa hablaba de su difunto esposo, que al parecer había sido un ganso excepcional, y de los problemas que planteaba el criar a los niños sin un padre. Dominico hablaba de su casa, de sus amigos y de su sed de aventuras y de conocimiento de la vida. Una vez le preguntó a la señora Raposa qué era lo que más le gustaba, si andar, nadar o volar; y ésta fue la respuesta de la gansa:

—Yo sé que la mayoría de los seres no pueden hacer las tres cosas, y me perdonarás que te diga que no sé cómo se arreglan. Yo personalmente no sería capaz de renunciar a ningún medio de locomoción, por aire, agua o tierra. Los tres son necesarios. Como la mayor parte del tiempo la paso en tierra, lógicamente tengo que poder andar. No tendría mucho

sentido ir volando de la nevera a la pila de fregar, y nadar no se puede si no hay agua. Caminar es bueno para pensar. Y las distintas maneras de caminar son buenas para distintas maneras de pensar. Por ejemplo, andar y desandar el mismo recorrido dentro de un espacio pequeño es bueno para pensar en las preocupaciones. A veces andar es duro para los pies. Hay ciertas clases de grava que me hacen daño en las membranas de entre los dedos, y hay sitios que tengo que rehuir por esa razón. Me encanta jugar al tenis, cosa que lógicamente hay que hacer con los pies. Me encanta trabajar en el jardín, recoger flores, y hacer muchas otras cosas que sólo se pueden hacer en la tierra.

»El agua es agradable, incluso cuando está fría, y nadar, como tú sabes, es un gran placer. Es una manera muy práctica de cruzar un arroyo cuando no hay puente. Otra manera sería volar, pero claro está que yo no puedo volar si voy cargada de cosas, como voy a menudo: el bolso, el paraguas, la cesta de la compra, libros de la biblioteca, etcétera. No podría despegar del suelo.

—Por supuesto —dijo Dominico, comprensivo.

La señora Raposa prosiguió:

—La natación no es tan buena para pensar como el caminar, pero es maravillosa para estar ensimismado. A mí me encanta flotar con la corriente del arroyo, escuchando el suave chapoteo del agua en la orilla, y soñar todo lo que tenga que soñar despierta. ¡Se está tan apacible! Cada vez que me siento con los nervios de punta, demasiado preocupada por las cosas, deprimida o irritable, allí donde esté, busco agua y me echo a nadar. Es un bálsamo. Es como volver a estar en el huevo, flotando sin cuidados en la benigna albúmina. Y es limpio, claro está. En cuanto al vuelo, es muy difícil describírselo a alguien que no tenga alas.

—Yo a veces sueño que voy volando —dijo Dominico.

—Volar es puro deleite —dijo la señora Raposa—, a no ser que te persigan aves de presa. Hay un ritmo en el vuelo, y es el ritmo del universo. Es una experiencia cósmica. Allá arriba, y sobre todo a bastante altura, yo me siento cerca de mi Creador: tengo la convicción de que la vida es eterna y de que voy a ver a mi difunto marido, que en paz descanse. Al flotar en las corrientes de aire, al elevarme con el aire caliente que asciende, al dejarme caer con las corrientes descendentes, me siento en armonía perfecta con los sucesos naturales. Me siento atlética, garbosa. Ni que decir tiene que el vuelo es el camino más rápido y directo del punto A al punto B, porque no hay obstáculos que esquivar. Es la mejor manera de viajar hacia el sur en invierno y hacia el norte en primavera. Y es ideal para tener una visión amplia de las cosas. En fin, que, respondiendo a tu pregunta del principio, yo no sabría decir qué es lo mejor. Cada cosa es la mejor, a su manera.

Dominico lo comprendió y tuvo que asentir, aunque él no nadaba tan bien como un ganso y volar sólo volaba en sueños.

Al cabo de un tiempo, a los tres días para ser exactos, empezó a ponerse inquieto, deseoso de proseguir su viaje y encontrarse con su futuro. Antes de marcharse construyó una alta cerca de tela metálica robusta alrededor de los terrenos de los Raposa, con alambre de espino por arriba. Y, después de pensarlo mucho, se llenó los bolsillos de monedas de oro y escogió un anillo para quedárselo él. Luego a cada gansito le colgó del cuello un collar de perlas, con lo cual ellos graznaron de gozo, y el resto del tesoro se lo dio a la señora Raposa.

—Yo no puedo de ninguna manera aceptar tanta generosidad —contestó ella—. Eres demasiado bueno. Soy yo quien está en deuda contigo. Tú me salvaste la vida. Imagínate qué hubiera sido de mis hijos sin mí.

Estaba dispuesta a seguir, pero Dominico la detuvo.

—Señora —dijo—; Matilde, si me permite llamarla por su nombre; acabo de pasar algunos de los días más felices de mi vida en su pequeño paraíso. He disfrutado de la compañía de sus hijos. La conversación de usted ha ensanchado mis horizontes. Gozo de un estado de salud óptimo, gracias a sus buenos cuidados. Además, la verdad es que las riquezas no me sirven para nada. Soy joven, soy libre, y tengo una nariz que Dios me ha dado para guiarme por la vida. No se hable más, se lo ruego.

Emocionado por su propia generosidad y por la tristeza de la despedida, besó a cada uno de los gansitos con lágrimas en los ojos, abrazó y besó a la señora

Raposa, y sin más ceremonias se echó al mundo.

Un momento después la señora Raposa venía volando tras él con unas empanadillas para que las llevara en el pañolón, y otra vez tuvieron que decirse adiós.

Dominico, caminando a grandes zancadas, rebosante de la energía que había almacenado descansando y alimentándose tan bien, se sentía maravillosamente despreocupado. Había llevado una gran fortuna y felicidad a la familia Raposa, y se había ganado su gratitud, a la vez que se libraba de un estorbo.

XIII.

Dominico estaba tan contento que sacó el flautín y se puso a tocar en tiempo de *allegro*. ¡Qué bonito estaba todo! Se sentía lleno de adoración por el mundo visible. ¡Ah, qué rosas rojas tan espléndidas había en aquel arbusto del camino! Las olfateó ávidamente, pero no olió nada, y ¡paf!, se dio de cabeza contra un cuadro.

El artista, que era un ratoncito diminuto, rodó por el suelo, muerto de risa. Dominico se enderezó y tocó el cuadro. Habría asegurado que aquella rosa se podía arrancar del rosal, pero no era más que pintura y lienzo. Asombrado, miró al ratón. El pequeño creador tenía manchas de azul cobalto en el bigote, de amarillo de cadmio en un pie y de verde musgo en la parte de atrás del blusón.

—¿Usted ha pintado esto? —preguntó Dominico.

—Sí —dijo el ratón, con evidente orgullo.

—Es usted todo un artista —dijo Dominico—. De veras que me ha engañado. Pero ¿por qué tiene usted el cuadro aquí en mitad del camino?

—Permítame presentarme —dijo el ratón—. Me llamo Manfredo León. Buen nombre para un ratón, ¿verdad?

—Yo me llamo Dominico —dijo Dominico. Se estrecharon la pata, y a Dominico le gustó la delicadeza del tacto de Manfredo León.

—Respondiendo a su pregunta —siguió diciendo el ratón—, a mí me encanta pintar, y me encanta pintar en este estilo ilusionista. Todas las cosas son tan hermosas de por sí, que yo rindo homenaje a la vida pintándolas tal como son. Tengo pinceles de un solo pelo, que me arranco de las cejas, y con mi aguda mirada puedo ver y pintar los detalles más nimios:

cada nervio de cada hoja, el brillo de una gota de rocío, los pelos de las patas de un mosquito. Conozco las obras de un artista extraordinario, que es un elefante. Él no es capaz de pintar los detalles. No tiene ni habilidad ni paciencia. En fin… Ahora mismo acababa de poner el cuadro en el camino para comprobar su verosimilutud, para convencerme de que mi habilidad es tan grande como sospecho que es.

—Le aseguro a usted que sí —dijo Dominico—. Yo reconozco que mi vista no es tan aguda como mi sentido del olfato; así de agudo no hay nada. Aun así, es la primera vez que un cuadro me engaña. Juzgando por esos cánones, es usted el mejor artista que ha pisado la tierra.

Dominico casi no podía creer que de su hocico salieran palabras tan altisonantes. Cuando pudo recobrarse de lo impresionado que se tenía a sí mismo, continuó:

—Pero yo por todas partes donde miro veo belleza. Si para ver un hermoso paisaje, tan hermoso como el que hubiera pintado Manfredo León, me basta con asomarme a la ventana, ¿para qué quiero tener un cuadro hecho con ese estilo? Y lo mismo con todo lo que veo, dondequiera que mire.

—He reflexionado sobre eso —dijo el ratón—, y ésta es mi respuesta. Cuando el paisaje está cubierto de nieve, ¿se ven las hojas? En mitad del invierno más crudo, cuando ansiamos la vuelta de la primavera, se pueden mirar los narcisos de una pintura mía y confiar en que de veras existe una estación que es la

primavera, y que volverá. Cuando se sufren los calores
excesivos del verano, se puede uno animar contemplando un frío paisaje invernal pintado por Manfredo
León. Se puede mantener una especie de contacto
con un amigo ausente o una persona querida a través
de un retrato hecho por mí. En fin…, no me gusta
teorizar. Prefiero pintar a pensar. Pintar es divertido,
pero pensar me hace daño al cerebro.

Y se rascó la base del rabo, depositando allí un
toque de bermellón.

—Ahora lo entiendo —dijo Dominico—. Gracias
por la explicación.

—¿Le importaría ayudarme a poner bien el cuadro? —dijo el ratón—. Uso esas cuerdas que cuelgan
de esa polea —y señaló la rama de un árbol que
crecía más arriba. Dominico empujó el cuadro hasta
volverlo a su posición vertical primera sin ayuda de
las cuerdas, y lo apoyó por detrás con unos palos que
le indicó el ratón.

—Bueno, pues manos al lienzo otra vez —bromeó Manfredo, cogiendo sus minúsculos pinceles. Dominico se echó a reír.

—Yo he de seguir mi camino —dijo—. Hasta luego.

Y echó a andar con la lanza al hombro, el pañolón colgado de la misma y el oro repicándole en el bolsillo.

«¿Cómo se las arreglaría el mundo sin mí antes de que yo naciera?», se preguntó. «¿No les parecería que faltaba algo?»

Un poco más allá le detuvo un grupo numeroso de conejos. Estaban allí, en mitad del camino, evidentemente esperando que apareciera este individuo en particular, él, Dominico, y no eran ningún cuadro.

El que tenía que hablar en nombre de todos era demasiado tímido para desempeñar ese papel. Los demás tuvieron que empujarle, y él se quedó delante muy apocado, temblándole el bigote. Dominico, con su naturalidad acostumbrada, se fue derecho al grupo, pero no sirvió de nada; el portavoz había perdido el habla.

—¡Saludos! —dijo Dominico—. Es evidente que están ustedes esperándome y me quieren decir algo.

Con eso se le soltó la lengua al conejo.

—Así es —dijo—. Quisiera hacer una declaración.

—Pues hable usted —dijo Dominico.

—Usted es Dominico —dijo el conejo—. Su fama se está extendiendo por esta comarca. Ya todo el mundo sabe que usted ha hecho frente a los gamberros de la Banda Funesta y les ha dado que hacer. Todos hemos oído hablar de su coraje y de su lanza poderosa. Estos villanos nos tienen aterrorizados: tememos por nuestras vidas y por nuestras propiedades. Tanto nos desprecian, que han asignado únicamente a una comadreja y a un armiño para darnos la lata. Y entre los dos se las apañan muy bien. Necesitamos protección, y quisiéramos que fuera usted nuestro protector. Podemos pagarle.

A Dominico le conmovió, y le halagó también, aquella manifestación de confianza en sus poderes. Pero la medrosidad de los conejos no le agradaba. En cierto modo, los de la Banda Funesta le inspiraban más respeto que los conejos. También los de la Banda Funesta eran cobardes a veces, pero tenían mucho descaro. Casi sin quererlo, se encontró diciendo mentiras:

—Lo lamento; tendría mucho gusto en ayudarles,

pero ya voy retrasado para una cita que tengo a tres leguas de aquí.

Los conejos pusieron tales caras de desilusión que Dominico, a su pesar, se compadeció de ellos.

—Se me ocurre una idea —dijo. Y les contó lo de Manfredo León, el artista que acababa de conocer en el camino—. Pídanle al señor León que pinte un cuadro con alguno de ustedes comiendo por el prado. Pongan unas trampas delante del cuadro, y luego se esconden en algún sitio. Si el cuadro de Manfredo León me ha engañado a mí, es seguro que engañará a esa comadreja y a ese armiño. Y cuando les tengan ustedes en las trampas, pueden hacer con ellos lo que les parezca. Lamento no poder quedarme para ver los resultados. Les aseguro que tengo que seguir mi camino. Tengan ustedes muy buenos días.

—¿De veras no podría usted pensarlo —preguntó el portavoz.

—No.

—Le pagaríamos muy bien —dijo otro de los conejos.

—Lo lamento —dijo Dominico.

—Entonces tendremos que probar ese plan —dijo el portavoz—. Muchísimas gracias por la sugerencia.

—No hay de qué —y Dominico siguió adelante sin esperar a ver si su plan daba resultado.

Esto, dicho en pocas palabras, es lo que sucedió:

Los conejos, que ya conocían a Manfredo León, le encontraron en seguida y le ofrecieron una elevada suma de dinero, más dos sacos de zanahorias, por pintar el cuadro tal como había dicho Dominico. Por dinero o no, el artista acogió con entusiasmo la oportunidad de probar su destreza de aquella manera

tan interesante, y de paso ver sufrir a los forajidos. Tras tomar apuntes de varios conejos pintó el cuadro en pocos días, trabajando también por las noches, alumbrándose con velas y una lámpara de petróleo.

La comadreja y el armiño se dejaron engañar totalmente por el cuadro. Se deslizaron hacia los conejos pintados que comían su trébol pintado sin llegar a darse cuenta de que los conejos no se movían, tal vez porque su contento ante una victoria tan fácil no les dejaba pensar en otra cosa.

Había trampas suficientes para cazar a docenas de víctimas, así que inevitablemente los cazaron. Los conejos, en gran número, sujetaron a la comadreja y al armiño con cadenas antes de sacarlos de las trampas, y se los llevaron a un granero que habían convertido en prisión mientras el ratón trabajaba en su pintura.

Los conejos, seres tímidos incapaces de crueldad, no tenían valor para infligir castigos. Su intención era regenerar al armiño y a la comadreja, hacerles comprender lo equivocado de su maldad y poco a poco inculcarles sentimientos de compasión, de piedad, de caridad y de amor. Y así se lo dijeron. La cosa podía haber salido bien, pero el armiño y la comadreja no tenían interés en adoptar aquellos nuevos modos de pensar. Les parecía que aquella honestidad se basaba únicamente en el miedo, y tan pronto como el sol se puso y los conejos acabaron de sermonearlos y los dejaron solos, hicieron saltar las cerraduras y se fugaron. No muchos días después recibirían su merecido.

A Manfredo León le disgustó la noticia de la fuga, pero se quedó muy satisfecho de que su cuadro hubiera servido a la causa de la justicia, y no se privó de alardear de ello de vez en cuando.

XIV.

Cuando los impenitentes criminales se escaparon Dominico estaba ya muy lejos de allí, sin que entre tanto le hubiera ocurrido nada de particular.

Era una noche de luna. La luna siempre es mágica y nos hechiza, pero hay noches de luna que nos llegan al alma más que otras y hasta nos ponen un poco tontuelos. Era una de esas noches. Dominico no podía ni pensar en irse a dormir, a pesar de ser su hora habitual de retirarse. No estaba cansado. La noche y todo lo que sentía su influjo estaba vivo, despierto y hechizado. Las luciérnagas parpadeaban por doquier. No se sabía dónde acababan las luciérnagas y dónde empezaban las estrellas.

Dominico iba paseando, y llegó a un campo donde le pareció ver como unos farolillos chinos en miniatura. Eran, efectivamente, farolillos chinos diminutos.

Unos ratones celebraban una fiesta nocturna en un claro rodeado de hierbas altas, y habían tendido sus farolillos prismáticos entre tallos de fleo. Dominico, embelesado, contempló la escena desde lo alto de una piedra. Sonaba una música ratonil majestuosa y delicada, que brotaba de diminutas cítaras, laúdes y panderetas. Dominico sacó su flautín y se puso a tocar, bajito, muy bajito. Los ratones lo oyeron, pero no se preguntaron de dónde salían las notas del flautín. Ellos también estaban hechizados.

Bailaban cotillones y polcas. Algunas de las señoras lucían vestidos elegantes, y plumas que adornaban sus hermosas cabezas. Sus joyas, con gemas no mayores que simientes de amapola, rutilaban a la luz de la luna. Muchos de los señores estaban achispados

por beber oco, una bebida hecha de miel fermentada y bellotas. La fiesta se iba haciendo cada vez más extática, la música se iba acercando cada vez más a la verdad elemental del ser.

Todo aquello y la luna fue demasiado para el alma emocionada de Dominico. No se pudo contener. Alzó la cabeza y, pugnando hacia lo infinito, aulló, descargando todo su caudal de amor y de añoranza en sonidos más expresivos que las palabras. Aquel estrépito inesperado rompió el sortilegio de los ratones, que huyeron espantados, dejando un lugar vacío iluminado por la luna y los farolillos.

Dominico sintió haber puesto fin a la celebración. Deambuló por el campo, oliendo las margaritas, las caléndulas, las prímulas y la fragante hierba. En la hierba encontró un muñeco, y de su aspecto dedujo que hacía mucho tiempo que se había perdido. Era un muñeco simpático, un perrito de largas orejas y ojos que eran botones de zapato; uno de ellos se le había salido de su sitio y colgaba de un hilo.

El olor del muñeco le llamó la atención. Producía el mismo efecto mágico que la luz de la luna. Le inspiraba un anhelo. ¿De qué? No estaba seguro. Tiernamente se lo guardó en el pañolón y siguió vagando por el campo.

Finalmente, sintió el impulso de mirar a los cielos y declarar:

—Oh, vida, soy tuyo. Cualquier cosa que quieras de mí, estoy dispuesto a darla.

Y una vez más no pudo dejar de aullar. Aulló y

aulló sin freno, sin recato, sin timidez. Hacía mucho tiempo que aquellos aullidos se venían acumulando en su interior, y era una liberación maravillosa dejarlos salir en toda su plenitud.

Se adentró más en el prado. Y, como era de esperar teniendo en cuenta aquel poder hipnótico de la luna, había allí un sonámbulo: una cabra dormida, con gorro de dormir y camisón, que andaba en sueños de acá para allá, con las patas delanteras extendidas, tanteando su camino por el espacio. Dominico había oído en alguna parte que a los sonámbulos no se les debe despertar a menos que la situación lo exija: a menos que estén a punto de caerse por una ventana abierta, o a un estanque profundo o a la chimenea, o de pisar cristales rotos o algo así.

De modo que echó a andar sigilosamente junto a la cabra, y entraron en unas hierbas que llegaban hasta más arriba de las orejas de Dominico, molestando a dos erizos que tenían una cita amorosa a la luz de la luna y que protestaron indignados; y después subieron un repecho, cruzaron un montículo y pasaron a un bosque — todo el tiempo dirigiendo la cabra sus pasos por donde sus sueños la llevaban —, y atravesaron unos matorrales y volvieron a salir a un campo abierto, y bajaron una cuesta y se metieron hasta los tobillos en un fresco arroyo y luego marcharon por encima de unas peñas, y al final Dominico se hartó de ir dando tumbos al lado de un sonámbulo. Así que dirigió a la cabra hacia un árbol que resultó ser inamovible.

—¿Dónde estoy? —dijo la cabra, abrazada al árbol—. ¿Qué estoy haciendo aquí?

—Estás en el planeta Tierra, abrazada a un árbol en un campo, bajo la luna llena —respondió Dominico—, y es la noche más hermosa que ha habido desde el comienzo de los tiempos.

—¿Y tú quién eres? —preguntó la cabra.

—Yo me llamo Dominico.

—¿Y yo quién soy?

—Yo lo único que sé —dijo Dominico— es que mis ojos, mis oídos y mi nariz me dicen que eres una cabra.

—¿Cabra? Entonces debo ser Ramiro Montañés. Estoy confuso.

—Estabas caminando en sueños —dijo Dominico.

—¡Ah, sí! —dijo Ramiro—, yo soy sonámbulo, así que tengo que ser yo. Ahora ya empiezo a orientarme. Dime una cosa: ¿voy en dirección a Granvilla, donde Bernardo de la Cerda y Belinda de la Cerduna van a celebrar su boda?

—Has estado caminando en todas las direcciones posibles; a veces habrás ido para allá —dijo Dominico—. ¿Cuándo es la boda?

—Mañana. Yo voy a asistir. Estaba soñando que ya iba de camino.

—Pues vamos juntos —dijo Dominico—. A mí también me han invitado.

—Va a ser una boda por todo lo alto —dijo Ramiro—. Me han contado que Bernardo ha heredado un montón de dinero de un pariente rico que tenía negocios de importación y exportación, y va a echar el resto.

—¡Qué me dices! —dijo Dominico, reflexionando sobre cómo se deforman a veces las noticias.

—Los Funestos quisieron robarle el dinero —siguió diciendo la cabra—, pero él solo puso en fuga a toda la banda.

—¡Qué me dices! —dijo Dominico—. ¡Qué oigo!

—Le ha comprado a la novia un anillo de boda maravillosísimo para la nariz, con diamantes y amatistas del tamaño de guisantes.

—¡Guau! —dijo Dominico—. ¡Guau, guau, guau!

Por un momento se puso furioso de ver cómo la verdad tiende a cambiar de forma y a ir quedándose más desgastada y más irreconocible cuanto más corre de boca en boca.

—Bueno. Pues vámonos —dijo, y emprendieron la marcha, a paso lento, gozando de la luz lunar y charlando.

—¿Usas mucho los cuernos? —preguntó Dominico. Intentaba imaginarse lo que sería llevar aquellas protuberancias en la cabeza, pero le costaba trabajo.

—Supongo que sí —dijo la cabra—. No pienso en ello. No siempre soy consciente de tener cuernos. Pero sí que me acuerdo de ellos cada vez que me meto en discusiones materiales con los Funestos.

Dominico se sonrió de aquella extraña manera de decir las cosas que tenía la cabra.

—¿Qué es lo que más te gusta de las bodas? —preguntó.

—Me gusta todo —dijo Ramiro—. El ambiente festivo, la comida, la música, los bailes, los vestidos de lujo, la decoración, la alegría. Pero creo que lo que más me gusta es estar entre tanta gente mientras están pasando tantas cosas; estar siendo visto, sintiéndome el centro y admirado por todos, o imaginando que todos me admiran, que para el caso es igual. No importa que otros piensen que *ellos* son el centro de atracción, que *ellos* son el alma de la fiesta. Yo sé que lo soy yo, como ellos saben que lo son ellos, y todo el mundo está contento y todo es uno. ¡Por eso son tan maravillosas las fiestas!

Según iban hablando se acercaban a una forma
extraña y voluminosa. La forma se cambió de sitio,
y corrieron hacia ella para ver lo que era, siendo
Dominico el primero en llegar. Era un elefante pigmeo que estaba sentado al borde del camino. Era
pequeño incluso para ser un elefante pigmeo; la verdad es que abultaba poco más que Dominico. Sumido
en sus meditaciones particulares, ni se dio cuenta de
la presencia a su lado de dos animales curiosos, que
proyectaban sus sombras sobre él.

—Usted perdone, señor —dijo Dominico al desconocido—. Espero que esté usted disfrutando de la
hermosura de esta increíble noche de luna.

El elefante pigmeo volvió la cabeza, sobresaltado.

—Buenas noches —dijo—. Estoy en un aprieto.

—¿Podemos ayudarle? —pregunto Dominico.

—No, no creo que puedan. Podría ser. A lo mejor. Antes debo presentarme. Me llamo Muana Boomba.

—Extraño nombre —dijo Ramiro Montañés.

—Procedo de África —dijo Muana Boomba.

—¡Ah! —dijo la cabra—. Yo soy Ramiro Montañés, y éste es mi amigo Dominico. ¿Cuál es su problema?

—Seguramente no me creerán ustedes —dijo el elefante—, pero yo puedo hacer magia y conseguir por ese procedimiento lo que desee. Mejor dicho, *podría* hacer magia si fuera capaz de recordar la palabra mágica. Si alguna vez me acuerdo de la palabra, lo primero que voy a hacer es desear que no se me vuelva a olvidar.

—Eso está muy bien pensado —dijo Dominico—. ¿Y cómo consiguió usted la magia?

—Pues verán —dijo el elefante—, es que un brujo de allá donde yo vivo, un cocodrilo brujo, me dio esa palabra mágica. No sé por qué. Me dijo que estaba acostumbrado a ver elefantes grandes, ¡y que yo era tan pequeño! Que un elefante pequeño como yo necesitaba magia para abrirse camino en la vida. En fin, que me la dio. Y lo primero que hice fue desear encontrarme en un lugar lejano, en cualquier lugar lejano y romántico, y aquí estoy.

—Será esta extraña luna lo que le atrajo a usted hacia aquí —apuntó Dominico.

—Aquí se está muy bien. Tienen ustedes un país muy bonito —dijo el elefante—. Pero yo quiero desear estar otra vez en África, en mi casa, y por más que lo intento no me sale la palabra mágica.

—¡Qué lástima! —dijo Dominico—. ¿Y cómo es esa palabra?

—Es algo así como tiesto, me parece, pero no creo que empiece por te.

—¿Por qué letra cree usted que empieza?

—Por a, por efe, por ge, por pe o por hache. Pero no estoy seguro de que sea ninguna de esas. Podría ser por ele.

El elefante siguió diciendo que podía empezar por cualquiera de las letras del alfabeto y que en realidad era una palabra sencilla, de lo más corriente, y que quizá por eso resultaba difícil de recordar.

—¿Y no dicen que los elefantes tienen buena memoria? —dijo la cabra.

—Sí —dijo Muana Boomba— y por eso no lo apunté en un papel, como debería haber hecho, o, todavía mejor, hacer que me lo tatuaran en una pata. Lo confié a mi memoria, y ahora mi memoria no lo quiere soltar.

—Bueno —dijo Dominico, paseándose con las patas a la espalda—. Lo que tenemos que hacer es repasar todas las palabras que sepamos, y si es una palabra sencilla, como usted dice, antes o después daremos con ella. Lo más probable es que empiece por una letra que esté ya bastante al final del alfabeto, así que no vamos a hacer el tonto empezando por la a. Empecemos por la zeta y luego vamos hacia atrás. ¿Será Xilofón?

—Xilofón empieza por equis —dijo la cabra.

¿Será Zapato? —preguntó Dominico.

—No —dijo el elefante.

—¿Será Zumo?

—No.

—¿Zigzag?

—No.

Pasaron por otras pocas palabras de la zeta.

—Bueno, pues vamos con la i griega —dijo la cabra—. ¿Será quizá Yogurt?

—No —dijo el elefante.

—Puede ser Yate. Yunque. Yegua. Yunta. Yeso. Yema.

—No —dijo el elefante.

—Vamos a seguir andando mientras tanto —dijo Dominico—. Véngase con nosotros a la boda de los jabalíes Bernardo y Belinda. Un amigo nuestro será sin duda muy bien recibido. En cualquier momento daremos con su palabra, porque lo estamos haciendo de una manera inteligente y por lo tanto lo hemos de lograr a la fuerza. ¡Anímese! Nosotros le encontraremos la palabra mágica.

Alentado por estos ánimos, el elefante se levantó del suelo y los tres echaron a andar a paso tranquilo, probando diferentes palabras. Cuando ya habían agotado la equis, la uve, la te, la ese, la erre, la cu y la pe, llegaron a un sitio donde pasaban cosas muy raras. Estaban al borde de una hondonada, y allí había una marmota, un castor, un mapache y un puercoespín que estaban ejecutando un extraño rito.

La marmota, el castor, el mapache y el puercoespín saludaron a la luna, y después se saludaron entre sí.

Seguidamente caminaron despacio en círculo, haciendo inclinaciones hacia el norte, el este, el sur y el oeste. A continuación se tiraron al suelo y rodaron tres veces en el sentido de las manecillas del reloj y otras tres veces en el sentido contrario. Después el puercoespín roció a la marmota, al mapache y al castor con aceite de coco. Luego el mapache arrojó unas semillas de ajonjolí al puercoespín, a la marmota y al castor. Hecho esto, el castor leyó unas palabras en un libro grande y los cuatro besaron el libro. Luego la marmota se puso un sombrero alto cubierto de emblemas y tocó a cada uno de los demás con una varita de sauce. Una vez más caminaron solemnemente en círculo. Aquello era muy impresionante y misterioso, y Dominico, Ramiro y Muana no llegaron a enterarse de lo que significaba, porque la marmota, el castor, el mapache y el puercoespín pertenecían a una sociedad secreta que nunca divulgaba sus secretos. Ellos sí sabían lo que estaban haciendo, lo mismo que vosotros y yo sabemos lo que estamos haciendo cuando hacemos las cosas que hacemos, y eso es lo único que importa.

Dominico, Ramiro y Muana reanudaron la marcha camino de la boda.

—¿Será Olivo? —preguntó Dominico—. Oropéndola. Oboe, Obelisco. Oh. Océano. Otomana. Orquídeas. Orquesta. Ópalo. Ocelote. Oreja. Ojo. Oscuro. Otero.

—No es ninguna de esas —dijo Muana. La luz decrecía. La luna había cruzado casi todo el cielo y estaba ya cerca del horizonte, a punto de ocultarse.

—Oso. Obligato. Octeto. Octubre. Olor Ónice. Oposum. Oxígeno. Olmo —dijo Ramiro. El elefante puso cara de desesperación.

—Lo sacaremos —dijo Dominico. ¿Será Nabo? ¿Será Nariz? Nave. Nadie. No. Naranja. Nene, Nunca. Nuez. Novato. Nieve. Nagasaki.

—No —dijo el elefante.

Cuando acabaron de repasar la letra a, después de decir todas las palabras que recordaban, estaban ya en las afueras de Granvilla y era por la mañana. Se tumbaron en un campo de heno recién cortado y echaron un sueño largo y reparador, desde las cinco de la mañana hasta el mediodía.

A esa hora había un sol grande y maduro en medio de un cielo ancho y despejado: ¡hermoso día para

una boda! Dominico, Muana y Ramiro se bañaron en un riachuelo que corría por allí. Muana, sirviéndose de la trompa a modo de manguera, duchó a los demás y se duchó él también, y todos se sintieron muy refrescados. No tenían otra cosa que comer que hierba. Pero daba igual, porque sabían que pronto estarían en un regio banquete.

XV. La boda sería inmediatamente después de la puesta del sol, en el Salón de Cristal. Cuando los tres nuevos amigos entraron en la ciudad, se enteraron de dónde estaba el salón y se despidieron hasta la hora de la ceremonia, porque cada uno de ellos necesitaba un rato de estar a solas con sus pensamientos y sus sentimientos particulares antes de zambullirse en la gran celebración.

Como Muana no podía formular el deseo de tener dinero, Dominico le dio una moneda de oro para que se comprara un traje de fiesta adecuado. Afortunadamente Ramiro, cuando echó a andar en sueños, había tenido la buena idea inconsciente de meterse unos billetes en el bolsillo del camisón.

—A las ocho nos veremos —dijo Dominico.

—Hasta luego —dijo Ramiro.

—¡No se olviden de estar aquí! —dijo Muana—. Son ustedes mis únicos amigos en este país.

Y cada cual se fue por su lado.

Al cabo de un rato de ir caminando y pensando, Dominico decidió hacer un recorrido olfativo de Granvilla, según tenía por costumbre en las ciudades que visitaba por primera vez. Subió y bajó por avenidas y callejas, se frotó contra diversos postes, farolas, esquinas y árboles, indagando en la población y la historia de la ciudad: cuántos miembros de cada especie contenía, el indíce de natalidad, cuándo fue fundada y por quién, y por qué; contempló los monumentos más antiguos, los olió detenidamente, preguntó cómo era el clima en las distintas épocas del año, se enteró de cuál era el sueldo de los maestros y el precio de las mandarinas, y en seguida supo más cosas acerca de la ciudad que muchos que se habían pasado allí toda la vida. Vio unos estandartes que anunciaban la boda y en un cruce de calles oyó por casualidad ciertos detalles de los suntuosos preparativos. Era verdad que Bernardo no se estaba mostrando tacaño con la riqueza que tan fácilmente había adquirido.

Dominico entró en una barbería que regentaba un cerdo muy hablador llamado Angel Guarri, se presentó y ocupó el sillón.

—¡No será usted el mismísimo Dominico! —dijo el señor Guarri. Como Dominico estaba convencido de ser el único Dominico de toda la región, y se sentía un tanto especial incluso en sus momentos de

modestia, tuvo que reconocer que sí era el mismísimo Dominico, como no podía por menos.

—Encantado de conocerle. ¿En qué puedo servirle? —dijo muy sonriente el señor Guarri. Dominico pidió un baño corporal de champú, un tratamiento de toalla caliente por las orejas y el hocico, y un rociado de tónico capilar que resultó muy agradable. Entregó al señor Guarri una moneda de oro en pago de sus servicios, y diciendo: «Quédese con la vuelta. Espero que nos veamos en la boda», se marchó. Después se compró un bonito conjunto de terciopelo verde con el cual estaba seguro de no pasar inadvertido.

Cuando, en el probador del sastre, estaba pasando su ropa antigua al pañolón, sacó el muñeco que había encontrado recientemente y lo husmeó con intenso placer. De nuevo sintió el corazón transido de un anhelo que no comprendía. Volvió a guardar el muñeco en el pañolón, y se fue, dándole los buenos días al sastre, un carnero llamado Fulgencio Retama, que también iba a la boda; Dominico era su último cliente del día.

Todavía faltaban un par de horas. Dominico estaba ya tan impaciente de que llegara el acontecimiento que no podía estarse quieto. Una vez más se pateó la ciudad, olisqueando unos sitios y otros, incrementando su caudal de información olfatoria, rastreando todos los detalles de Granvilla que antes se le habían pasado. Luego se fue a estudiar los alrededores, dio varias vueltas a la ciudad, en un sentido y en otro, y por fin se sentó al pie de un árbol para descansar brevemente.

Volvió a acordarse del muñeco y su desasosiego se disipó. Lo sacó del fardo y lo sostuvo tiernamente en brazos. Aquel perrito con botones de zapato por ojos estaba muy sucio, y estropeado de muchos años de manoseo. Era un muñeco vulgar, gastado por el uso, y, sin embargo, para él tenía una magia poderosa. ¿Qué había en aquel juguete perdido que despertaba en él un cariño tan fuerte? ¿Por qué le hacía soñar con cosas venideras? Estando allí sentado con el muñeco, a la luz rosácea del sol poniente, supo que su futuro le agradaría. Cayó en una ensoñación, y ya no tuvo conciencia de lo que le rodeaba ni del paso

del tiempo. Ante su espíritu desfilaron imágenes de tiernas flores de abril en blandos ribazos, de charcas límpidas y llenas de menta en arroyos apacibles y susurrantes, de bosques callados, aromáticos, poblados de helechos, de brisas benignas, abrazadoras, y de cielos afectuosos; de un mundo tranquilo de seres felices.

De pronto se dio cuenta de que iba a llegar tarde a la boda. Ya era de noche, con otra luna insólita. Oyó que las campanas de la ciudad daban las nueve — no había oído dar las ocho —, y echó a correr.

XVI.

Dominico ya conocía Granvilla muy bien. Fue derecho al Salón de Cristal, que estaba todo resplandeciente de luces, por dentro y por fuera.

Entró sin vacilar en el salón. Sus orejas se pusieron de punta ante la algarabía del festejo: la música retozona, las risas cantarinas, el runrún de las voces que charlaban. Los vistosos trajes y las caras contentas le deleitaban los ojos. Su nariz tomó nota de diversos olores atractivos: los olores de los muchos concurrentes, la fragancia de las rosas que engalanaban las paredes, los aromas de agua de colonia, de tónicos, de lociones, perfumes y polvos de todas clases que los invitados habían gastado en abundancia, y los olores de manjares deliciosos preparados por los cocineros más expertos de aquella región.

No era mucho lo que se había perdido Dominico, sólo la primera hora: el rato en que los invitados van llegando solos o en grupo, son recibidos, se quitan los abrigos y otras prendas exteriores, se empolvan el hocico en el tocador, son presentados unos a otros si no se conocen de antes, se contemplan de arriba abajo con desaprobación o admiración, se miran de reojo en cualquier espejo que haya a mano, y andan por ahí tímidamente, haciendo comentarios de circunstancias y preguntándose si alguna vez empezará la diversión que esperaban.

Toda esa incomodidad y esa torpeza preliminares habían pasado cuando llegó Dominico. Estaba en marcha una animada gavota, y las pisadas de los danzantes, que iban girando con sereno y acalorado alborozo, redoblaban los acentos de la música. Bernardo de la Cerda, que como buen anfitrión estaba cerca de la puerta, se vino presuroso hacia Dominico y le abrazó calurosamente. En seguida trajo a la novia y se la presentó, diciendo:

— ¡*Este* es nuestro querido perro, a quien debemos nuestra gran felicidad! Sin él nada de esto hubiera podido ser.

También Belinda de la Cerduna, que pronto sería de la Cerda, abrazó cariñosamente a Dominico. Él, al mirarla, comprendió la adoración de Bernardo. Era todo lo hermosa que puede ser una jabalina, y estaba radiante de salud y de felicidad. Un vestido de damasco de seda, de color rosa con dibujo de flores, ponía adecuado marco a su belleza.

Belinda miró a los ojos de Dominico y dijo:

—Es usted un ángel. Nunca le olvidaremos. Mi primer hijo se llamará Dominico, y Dominica si es niña.

—Será para mí un honor —dijo Dominico, gentil como siempre con las damas. Le interrumpió un redoble de tambores que anunciaba que la ceremonia nupcial iba a empezar. Bernardo y Belinda se disculparon y se dirigieron hacia el fondo del salón.

Muana, vistiendo ropajes de caballero africano, vino corriendo hasta Dominico.

—Gracias a Dios que está usted aquí —dijo—. ¡Me sentía tan solo, sin conocer a nadie ni saber cómo hay que comportarse en esta sociedad!

—¿Se ha acordado usted de la palabra mágica?

—No —dijo Muana tristemente—. Estoy dándole un descanso a la cabeza. A lo mejor me viene sola.

—¿Será Espárrago? —preguntó Dominico.

—No, no —dijo Muana.

Los invitados se estaban agrupando a un lado y otro del salón, dejando un pasillo en medio. La banda empezó a tocar una augusta marcha nupcial, a la vez solemne y alegre. Bernardo y Belinda se acercaron al altar con paso mesurado. Los ojos de él brillaban

de emoción. Ella iba perdida en ensueños de amor.

La ceremonia fue oficiada por el reverendo de la Cerdeña, que también era jabalí. Al pronunciar Bernardo las palabras «Con este anillo te desposo», con una ferviente ronquera en la voz, colocó el anillo de bodas en la nariz de Belinda. Fueron declarados marido y mujer, y los espectadores lanzaron vítores y otras voces de contento. Todos se acercaron para dar sus parabienes y después se empeñaron en besar a la novia, mientras Bernardo permanecía a su lado

orgulloso, feliz por aquellos que tenían el privilegio, por esta vez, de abrazar a su hermosa Belinda.

Acabados por fin los besos y las felicitaciones, la concurrencia cedió al hambre, estimulada por los celestiales aromas que salían de la cocina. La cena, servida en bandejas de plata, fue distribuída sobre largas mesas mientras la banda tocaba música de comedor. Entre los platos, de esmerada preparación, había arándanos con salsa de nuez, hierba a la francesa, suflé de queso con bellotas, patatas nuevas en salsa de ajo, huesos adobados en vino de Borgoña, frituras de avena, paté de pipas de girasol, sandía rellena, ensalada de margaritas, aspic de tréboles y palitos de naranja. Había también muchas bebidas: vino de diente de león, cerveza de setas, cerveza de nueces y alfalfa, zumo de madreselva, agua agridulce, coñac de corteza. Los invitados, alegremente ataviados, comían de pie circulando entre las mesas, saludándose, bromeando, felicitando, intercambiando ocurrencias.

Doña Matilde Raposa, que en ese momento estaba pinchando un filete de nuez, divisó a Dominico en el gentío y rápidamente fue anadeando hasta él con sus cinco gansitos. La cariñosa y agradecida gansa le abrazó y le besó. Él la abrazó y besó a su vez, y luego fue besando a los cinco niños, por orden alfabético para que ninguno se ofendiera. Ellos, parloteando felices, reclamaban su atención todos al tiempo. Muana se acercó con una fuente de plátanos y espárragos picantes y fue presentado a los Raposa. Los gansitos le miraron boquiabiertos, porque era la primera vez que veían un elefante de verdad. Sólo los habían visto en estampas, y estaban muy extrañados, porque les habían dicho que los elefantes eran enormes.

—¿Será Plátano la palabra? —dijo Dominico al oído de Muana, mirando a la fuente.

—He probado todos los nombres de frutas y verduras —contestó él—. No es ninguno.

Dominico observó que Elías Gorrino, el burro, había aparecido y estaba siendo presentado a todo el mundo.

La señora Raposa se puso a contarle a Dominico algunas de las cosas que había comprado con el tesoro que él le había regalado, cosas para ella y para los niños: una barca para el estanque, un trampolín, una sombrilla grande, mazos de croquet, etc. Dominico la escuchaba atentamente, pero también escuchaba atentamente todo lo que pasaba a su alrededor; era todo ojos, todo oídos, todo nariz, alerta al entero guirigay, a la agitación y el movimiento de la multitud.

De repente las luces bajaron de intensidad y entró una procesión de camareros con postres flameados: calabazas sorpresa. La gente prorrumpió en vítores cuando de todas las fuentes salieron fuegos artificiales simultáneamente. Luego las luces volvieron a encenderse. Los niños empezaron a perseguirse por debajo y alrededor de las mesas. La banda interpretó una tarantela. Muchos salieron a bailar, girando con dulce abandono. Se rizaban las faldas, los pies taconeaban y patinaban sobre el suelo pulido.

Dominico estaba loco de contento. Le llevaron a conocer a unos parientes de la novia y del novio: Ramón de la Cerdaña, Maribel de la Cerdera, Ruperto de la Cerdosa, Carolina de la Cerdilla y sus hijos. Dominico bailó el resto de la tarantela con Matilde Raposa; bailaba tan bien que ella le aplaudió entusiasmada, batiendo las alas. Él, animado por aquellos cumplidos femeninos, se dio una vuelta entera y saludó con una reverencia.

Elías Gorrino bailaba con Maribel, la prima de la novia. Sus cascos martilleaban en el luciente entarimado. Se propuso un brindis a los señores de la Cerda. Hubo otro redoble de tambores, un son de panderetas, un chocar de platillos. Se sirvieron copas. «¡Por la eterna felicidad de los señores de la Cerda!», vociferó alguien alzando una copa de coñac de mango. Hubo muchos gritos inmediatos de «¡Eso, eso!», entrechocar de muchas copas, ingestión de muchos tragos.

—¿Será la palabra Frambuesa? —preguntó Benito a Muana.

—He intentado *todas* las frutas y verduras —respondió Muana.

Entró entonces un grupo de acróbatas dando volatines y saltos mortales, y se hizo sitio para ellos en el centro de la pista. Dos cerdos muy robustos se colocaron hombro con hombro. Dos fuertes perros subieron corriendo por los lomos de los robustos cerdos y se les pusieron encima de la cabeza. Un mono ascendió a la cima de aquella torre viviente, sosteniendo un plato que hacía girar sobre la punta de una varita.

Dominico, que viendo aquella proeza se había ido excitando, agarró una barra de una ventana que tenía cerca y de un salto se plantó en la espalda del mono. Desde allí trepó por la varita, tiró abajo el plato y se sostuvo sobre la punta con una sola pata. Hubo un gran aplauso, una ovación; los acróbatas saltaron al suelo, y Dominico recorrió la sala con ellos, dando carreras y volteretas.

En ese momento entraba la tortuga Leandro Canguro, preguntando si la boda había sido ya. Le disgustó saber que la ceremonia había pasado hacía largo rato, y se encaminó hacia los novios, que ahora estaban recibiendo regalos de los invitados. Dominico se disculpó por no haberse acordado de llevarles nada, pero Bernardo y Belinda le recordaron que ya les había obsequiado más de la cuenta.

La banda volvió a atacar música de baile, esta vez un vals. A Dominico le dieron ganas de tocar, y se sentó con ellos armado de su flautín. Tocó tan magistralmente que los demás músicos pusieron sordina a sus instrumentos para que los sonidos prodigiosos del flautín pudieran oírse mejor.

Fue entonces cuando tres miembros de la Banda Funesta, dos gatos monteses y un hurón, entraron en la sala vistiendo ropas elegantes y comportándose como si hubieran sido invitados. Se dirigían al montón de regalos cuando Matilde Raposa los descubrió y se puso a gritar indignada. Cesó la música y cesó el baile. Dominico bajó de un salto del palco de los músicos, corrió al guardarropa y reapareció con su lanza, ante lo cual los impostores se dirigieron a la puerta con bastante rapidez y se marcharon sin despedirse. Dominico corrió un corto trecho en su persecución.

A su regreso todo fueron aclamaciones. Entonces interpretó un solo de flautín con brillantes notas de adorno. Entretanto Leandro Canguro había llegado ya hasta los recién casados para manifestarles su felicitación y su pesar por haber venido tarde. Se sirvió champán. Un zorrillo alzó su copa y grito: «¡Por los señores de la Cerda y su descendencia! ¡Por su larga prosperidad!» Todos bebieron.

Se sirvió más champán. Un conejo gritó: «¡Yo proclamo desde este momento la hermandad eterna de todo el reino animal!» Todos volvieron a beber.

Dominico sentía un inmenso bienestar y una benevolencia sin límites hacia todo ser vivo.

—¡Por el amor imperecedero! —gritó.

Todos bebieron una vez más.

Muana apareció a su lado y Dominico le preguntó:

—¿Será la palabra Güisqui?

—No es una bebida alcohólica —dijo Muana—. Las he probado todas. He probado frutas, verduras, bebidas, flores, objetos de la casa, nombres de minerales, y no me sale.

Bernardo de la Cerda se había subido al palco de los músicos, en el cual se había tendido un telón de terciopelo rojo para que sirviera de escenario.

—Tengo el gran placer de anunciarles la presencia —dijo con fuerte voz— de una magnífica compañía de actores, Los Cancamusanos, que van a entretenernos con una pieza escrita especialmente para esta ocasión. La pieza lleva por título *Las hazañas de Dominico*. Cuando tengan ustedes la bondad de colocarse de modo que todos alcancen a ver bien el escenario, se alzará el telón y empezará la comedia.

Todos se volvieron a mirar a Dominico. Él se azaró, cosa rara en él. «¿Qué hazañas? —pensó—. Yo no he hecho ninguna hazaña. Nada como para escribir una obra de teatro.»

Se alzó el telón, y se vio a «Dominico» andando por un camino, con la lanza al hombro. No había ningún perro entre los Cancamusanos, por lo que el papel de Dominico lo representaba un gato que hacía una mala imitación de sus movimientos, andando a pasitos furtivos en vez de dar pasos largos. Aquello le molestó a Dominico. El gato llevaba una careta con un gran hocico negro y orejas colgantes.

Se había preparado en el escenario un agujero, en el cual se caía el gato —o sea, «Dominico»—, y a eso seguía una escena en la que la Banda Funesta se burlaba de él y le maltrataba. Pero en lugar de escaparse como se había escapado Dominico, el Dominico fingido salió del agujero peleando, mató con la lanza a dos de los forajidos, perdonó la vida a otro que le hizo promesa de enmendarse y puso en fuga al resto. Cuando le atacaron después de haber desenterrado el tesoro de Bartolomé Tejón, la obra le mostraba venciendo él solo a toda la banda.

—No fue así como pasó —dijo Dominico a Muana,

que estaba a su lado—. Por cierto, la palabra no será Filetes, ¿verdad?

—No. Lo siento —dijo Muana—. Gracias por intentarlo.

En el escenario se representaba otra «hazaña» de Dominico. Los malvados estaban colgando a Matilde Raposa, interpretada por una coneja; y Dominico entraba a la carga, montado en Elías Gorrino, interpretado éste por un cerdo, dispersaba a los malvados y mataba a tres.

—No fue así como pasó —murmuró Dominico mientras caía el telón y los invitados se volvían a aplaudirle a él, más que a la obra.

De repente, sin saber cómo, el telón estaba envuelto en llamas. Los actores salieron despavoridos por los costados abiertos del escenario, dando aullidos y graznidos, y los invitados, cogiendo en brazos a sus hijos, se abalanzaron hacia las puertas.

«¡Agua! —gritó alguien—. ¡Traigan agua!» El salón empezó a arder por todas partes. Las llamas salían por ventanas y puertas. Los gritos de pánico hacían retemblar las paredes. Ya todas las salidas estaban en llamas, y un humo negro se extendía por la sala, envolviéndolo todo. Sonaban voces de «¡Aire!», la gente se empujaba y se apelotonaba histérica.

Dominico corrió de acá para allá para hacerse una idea de la situación, intentando excitadamente tranquilizar a los demás. Algunos de los animales combatían las llamas con sus chaquetas. Se oían más gritos de «¡Agua!», más gritos de «¡Aire!»

El único sitio donde había agua era la cocina, pero también la cocina estaba ardiendo. Bernardo de la Cerda quiso entrar allí a toda costa, pero lo único que consiguió fue chamuscarse todos los pelos de la cara, y volvió corriendo para proteger a su esposa. A alguien se le ocurrió echar champán a las llamas, pero no sirvió de nada. El efecto del coñac era aún peor, porque avivaba el fuego.

Las madres se abrazaban a sus hijos; algunas sollozaban. Los gansitos de Matilde Raposa, acurrucados bajo las alas de su madre, lanzaban graznidos lastimeros. Leandro Canguro, a paso más ligero de lo que en él era normal, empezó a abrirse camino hacia la puerta más próxima, sin dejarse detener por los animales que se le subían a la concha.

Dominico agarró a Muana y le sujetó con fuerza:

—¡*Tiene* usted que recordar la palabra mágica!

—¡No puedo! —dijo Muana.

—¡Sí que puede! —dijo Dominico—. Inténtelo. No se ponga nervioso. Relájese y, ¡presto!, le saldrá.

—¡PRESTO! —chilló Muana—. ¡Ésa es! ¡Ésa es la palabra! *Presto* —dijo—. ¡Presto, cese el fuego! ¡Presto!

Y al instante desapareció el fuego. Ya no había llamas, ni humo, ni chispas crepitantes, ni maderas sibilantes. Todos se quedaron pasmados, atónitos. ¿De veras había ocurrido? ¿De veras habían sido testigos de semejante prodigio? Sí, efectivamente. Así había sido. Un coro de suspiros inundó el salón.

—Ponga las cosas como estaban —dijo Dominico a Muana.

—Presto —dijo Muana—. Que todo esté como estaba antes del fuego. Presto.

Y todo volvió a estar exactamente como antes del fuego. No exactamente, porque la gente ya no estaba pensando en la obra de teatro y aplaudiendo a Dominico.

Muana, que ya había conocido bastante de los placeres y los sinsabores de aquel nuevo país, dijo adiós a Dominico, le dio recuerdos para los demás, deseó volver a su casa de África y desapareció.

Dominico subió al escenario y dio con el mango de la lanza en los tablones para pedir silencio.

—Nuestro buen amigo Muana Boomba recordó una palabra mágica en el momento preciso —dijo—, y gracias a eso hemos salvado la vida.

Todo el mundo se puso a hacer comentarios.

Dominico volvió a pedir silencio.

—Ha llegado el momento de que ajustemos cuentas con la Banda Funesta, que, como todos sabemos, ha sido la causante de este terrible incendio. Sin duda les igualamos en número. ¡Vamos por ellos y démosles una lección! ¡A las armas! ¡Seguidme, mi nariz nos guiará!

XVII. Todos los varones presentes en la boda, incluído el novio, empuñaron las armas que buenamente encontraron en el Salón de Cristal: barras de las ventanas, patas de sillas, patas de mesas, bastones, espetones de la cocina, cucharones, rodillos de amasar, escobas, fregasuelos y hasta frutas y hortalizas que pudieran servir de proyectiles: espinosas piñas, pesados melones, cocos. Dominico encabezó la salida por la puerta principal, llevando en alto su fiel lanza.

Era un ejército llamativo, con aquellos soldados vestidos de fiesta y blandiendo armas improvisadas, el que del salón brillantemente iluminado salió a otra noche encantada. La pacífica luna derramaba su luz benigna sobre la hueste de animales iracundos que iban en busca de sus enemigos. Para Dominico el aire

apestaba al vil olor de los bandidos. Guiado por él
dirigió los pasos de los demás. Salieron de la ciudad,
atravesaron los campos, cruzaron un arroyo pedre-
goso y entraron en un bosque donde la luna se filtraba
entre un laberinto de hojas. Súbitamente Dominico
levantó la lanza y el ejército se detuvo. El hedor de
la Banda Funesta se estaba haciendo insoportable.
»Vayamos despacio», susurró Dominico, y se adelantó
cauteloso, con su ejército detrás.

Pronto vieron hogueras encendidas en un claro, y
allí, sentados alrededor de las fogatas, estaban los
diversos forajidos, haciendo chistes de mal gusto y
soltando carcajadas estridentes, iluminados sus colmillos por las llamas. Unos rodaban por el suelo dando

agudas risotadas, otros palmoteaban el lomo del vecino, regocijándose de su propia maldad. Su jefe, el zorro, bailoteaba de acá para allá, recordándoles a grandes voces los incidentes del fuego del Salón de Cristal y dando zapatetas, como si quisiera sofocar a patadas sus propios ataques de risa. Todos estaban convencidos de haber vivido el momento más glorioso de su infamia. Pensaban que los daños tenían que haber sido enormes, y al imaginarse el dolor y la desdicha de las víctimas no cabían en sí de gozo.

El ejército de Dominico los contemplaba con horrorizada fascinación. ¿Sería posible que hubiera seres tan perversos? Estaba claro que sí.

—¡A ellos! —gritó Dominico.

Y su ejército acometió derramándose en tropel entre los árboles, blandiendo sus cachiporras a diestro y siniestro, con la fuerza que da la cólera justa. Dominico descargaba mandobles con la lanza.

A los forajidos se les acabó la diversión. Sorprendidos y desarmados, unos huyeron, pasando incluso por encima de las hogueras, esparciendo ascuas y chispas en todas direciones y chamuscándose el pelo. Otros cayeron de rodillas pidiendo clemencia, pero no la hubo para ellos. Algunos lograron echar mano de sus armas y respondieron al ataque. Los que habían salido corriendo fueron perseguidos y aporreados de lo lindo, y bombardeados con frutas y piedras y puñados de tierra según escapaban. Los que contraatacaron fueron finalmente derrotados y puestos en fuga por el ejército de Dominico, con unos cuantos mamporros y sopapos para el camino.

Pero Dominico estaba lesionado. Cuando el ejército vengador regresó al claro, le encontró tendido en el suelo, inconsciente, con la lanza a su lado. Los forajidos habían concentrado su furia sobre él, porque era a quien más aborrecían. Había recibido algunos golpes terribles, en parte de sus propios compañeros cuando intentaban ayudarle.

Viendo tan quieto a su lider, temieron que pudiera estar muerto, y, según se acercaban a él, algunos se echaron a llorar. Bernardo de la Cerda aplicó el oído al pecho de Dominico, y oyó que el corazón le latía con fuerza y regularidad. Aseguró a los otros que

Dominico estaba muy vivo, aunque evidentemente lesionado.

Hicieron una camilla con unos palos atados con cinturones, la cubrieron de hierba y hojas, y depositaron a Dominico con todo cuidado sobre aquel lecho de verdor. Así le volvieron a llevar a Granvilla, cuidando de no darle trompicones ni molestarle de ninguna manera.

Dominico, inconsciente, se figuraba estar aún peleando con el enemigo, y murmuraba: «¡Toma!» o «¡Ahí te va eso, canalla!», arremetiendo con una lanza imaginaria contra este o aquel granuja.

Volvió en sí a primera hora de la mañana, y se encontró acostado entre sábanas de seda, en una habitación, llena de flores fragantes, de la lujosa casa nueva de los señores de la Cerda. A su lado estaba sentado el doctor Cerneja, que era un caballo. Allí estaban Bernardo y Belinda, allí estaban también Matilde Raposa y sus niños, y otros más. Todos le miraban preocupados.

—¿Dónde estoy? —fueron sus primeras palabras. Le dijeron dónde estaba— ¿Qué ha pasado? —preguntó entonces. Le dijeron lo que había pasado—. Ah —dijo—, ya me acuerdo. Entonces el médico se presentó y le dijo que tenía muchas contusiones, pero ningún hueso roto.

—Me duele todo —dijo Dominico. El doctor Cerneja le tomó el pulso, le auscultó atentamente, le miró los oídos y la garganta, comprobó que tenía el hocico frío, como lo debía tener, y ordenó unos cuantos días de reposo en cama, y que le dieran de comer inmediatamente.

Bernardo de la Cerda salió al balcón para anunciar a la multitud que se había congregado fuera que su héroe se pondría bien; y los reunidos, que llevaban allí toda una noche de angustiosa espera, dieron voces de contento y por fin se fueron a sus casas a dormir. Dominico comió un poco de la rica comida que había sobrado de la boda.

—¡Qué contentos estamos de verte bueno! —exclamó Matilde Raposa.

—¡Estábamos tan preocupados! —dijo Belinda de la Cerda, ayer soltera y hoy casada.

Bernardo de la Cerda tocó a Dominico en un brazo y le dirigió una mirada que decía muchas cosas. Los cinco gansitos rodearon la cama y parlotearon alegremente. Dominico, sintiéndose muy querido, no tardó en volverse a dormir. Los demás salieron de puntillas.

Muchas horas después, Dominico se despertó. Se sentía muy bien, sano y deseoso de salir al mundo, donde todo lo que tenía que ocurrir le estaba esperando. Pensó, además, que convenía dejar solos a los señores de la Cerda, para que pudieran empezar a disfrutar de su vida de casados. Se levantó, procurando no hacer ruido. Recogió el pañolón, se puso la boina y escribió una nota dando las gracias a todos por sus atenciones y cuidados, añadiendo que esperaba verlos a todos en el futuro. Salió de la casa sin que nadie le viera. Era la hora del anochecer.

XVIII.

Se puso contento de encontrarse otra vez en el camino. Iba andando, viendo cómo el día se convertía en oscuridad y pasando revista a los sucesos de la noche anterior y a todo lo que le había ocurrido desde que salió de casa para buscar fortuna. Desde luego, la cocodrila-bruja tenía razón. La vida no era aburrida por aquel camino. Luchar contra los malos del mundo era una experiencia necesaria y gratificante. Ser feliz entre los buenos era, claro está, todavía más gratificante. Pero no se podía ser feliz entre los buenos si no se luchaba contra los malos. Tenía la sensación de estar sirviendo a un fin importante y provechoso.

Después empezó a preguntarse qué sería lo que todavía le aguardaba y, sin pensar, aceleró el paso, como para averiguarlo antes. Pronto se dio cuenta de que no estaba tan sano como creía. Empezaba a sentir las lesiones; estaba agotado.

Era otra noche más de mágica luz de luna, tan misteriosa y bella como las que la habían precedido. Dominico estaba ahora en un bosque cargado de fragancias de verano: los olores deliciosos, que apaciguan el alma, de las cosas que crecen, el olor de la tierra caliente, los olores que el aire había llevado de otros lugares: del mar, de prados, de jardines. Se preparó un lecho sobre hierba de bosque, de esa que crece, blanda como el plumón, al pie de los árboles; un lecho circundado de matitas de flores silvestres. Tan pronto como este perro cansado apoyó la cabeza y exhaló un profundo suspiro, ya estaba soñando. La luz de la luna bañaba al Dominico durmiente, y su sueño era también un poco lunático.

No experimentaba aquel sueño de la manera normal. Era como si estuviera solo en un teatro, viendo una obra cuyo protagonista era él mismo. El Dominico del escenario escapaba corriendo de una cocodrila-bruja porque no quería oír el resto de la historia de la vida, ni siquiera el episodio siguiente. El Dominico sentado en la butaca del teatro tenía miedo de que la bruja alcanzara al Dominico del escenario. Pero este Dominico se cansaba de correr y se volvía para esperar a la bruja y dejarla hablar, sólo que ella ya no estaba. Entonces él se daba cuenta de que estaba muy maltrecho. Sentía dolores por todo el cuerpo. Ahora estaba tendido y alguien le hacía sentirse me-

jor, le aliviaba los dolores, los hacía disolverse y desa-
parecer. Él no veía a ese alguien, y sin embargo sabía
que era hermosísima. ¿Quién era? No la conocía, y
sin embargo la conocía bien. Y después iban caminando los dos muy juntos, y al Dominico que estaba
sentado en el teatro del sueño le daban ganas de ser
el Dominico del escenario...

Mientras Dominico estaba sumido en ese sueño,
no todo era apacible a su alrededor. Los restos de la
Banda Funesta se habían reagrupado desde la noche
anterior y habían descubierto su paradero en el bosque; uno de los hurones le había localizado, huro-
neando. Sigilosamente, los de la banda estaban cer-
cando a este perro lancero que se empeñaba en
deshacer sus pérfidos planes. Hasta que él llegó, ha-

bían sido el terror indiscutido del territorio, y casi todas sus fechorías habían sido triunfos. Odiaban a Dominico con toda su alma, y sus almas eran capaces de un odio atroz. Ahora pretendían sustraerle de la suma de las cosas existentes.

Allí estaba él tendido, soñando inocentemente y tan exhausto que sus oídos y su nariz, normalmente despiertos aunque él estuviera durmiendo, no le podían alertar. Los malvados se le acercaban por todos lados, con los ojos brillantes de malignidad, armados de esto y lo otro, sacando incluso sus garras afiladas.

Dominico seguía soñando. Ahora ya estaban flagrantemente cerca de él, los que querían ser sus asesinos. Unos cuantos habían alzado sus mortales cuchillos y porras. Pero, de pronto, se quedaron como estatuas perplejas, escuchando. Porque de todas partes, de todo el bosque, salían voces: voces que llamaban, que haciéndose eco unas de otras repetían el nombre de Dominico. «¡Dominico! *¡Dominico!* ¡DOMINICO! ¡Dominico! Despierta. *¡Despierta, Dominico!*»

Eran los árboles. Los árboles le estaban llamando. Estaban retorciéndose y doblándose y agitando sus miembros como si una tempestad los zarandease, y hacían unos ruidos terribles, crujidos, chasquidos.

Hacía ya algún tiempo que por el bosque corrían las noticias de aquel perro listo, valiente y generoso llamado Dominico, y los árboles habían llegado a quererle. Y además se habían hartado de estar siempre quietos, componiendo un cuadro silencioso, limitándose a ser majestuosos y acumular resentimiento, indignación y dolor mientras la Banda Funesta seguía con sus maldades y sus funestas acciones.

Ahora que Dominico, el perro querido, iba a ser asesindo en medio de ellos, en el corazón mismo del bosque, los árboles sintieron el impulso de pronunciarse, de romper su silencio sempiterno. Dominico les oyó y se despertó y lo vio todo, la banda apostada a su alrededor, con las armas en alto, pero petrificada de espanto. Y en ese momento los árboles circundantes se doblaron hacia los malhechores, diciendo: «¡Qué vergüenza! ¡QUÉ ASCO!»

Los bandidos, muertos de miedo, salieron pitando en todas direcciones, buscando el camino más corto para salir del bosque. Nunca se volvió a saber de ellos, ni como banda ni como malhechores sueltos. El terror

de aquella experiencia, la condena de quienes eran los señores del mundo vegetal, hasta entonces silenciosos, les caló hasta lo hondo del alma. Al comprender que ya ni la Naturaleza soportaba sus hábitos destructivos, criminales, cada uno de ellos se fue por su lado, cabizbajo, esforzándose por reformarse y estar a buenas con la Naturaleza, como lo habían estado todos aquellos sinvergüenzas cuando eran pequeños.

Dominico, lleno de gratitud y respeto, se arrodilló y tributó homenaje a los árboles. Una brisa susurró en las ramas, un leve suspirar que era como una respuesta. Durante un buen rato Dominico vagó por el bosque, tocando con amor a más de un árbol. Los pajarillos que deberían estar dormidos cantaban. Dominico era feliz.

XIX.

Todavía era de noche cuando salió del bosque y se encontró en un jardín. Al comienzo del jardín había una fuente de mármol cuyos surtidores de elevaban gentilmente, se curvaban airosos hacia fuera y caían como blanda lluvia en un estanque, que por dentro era carmesí y estaba lleno de peces de colores. A la mágica luz de la luna, cada gotita de agua relucía en el aire como una perla.

Dominico contempló la fuente, sintiendo que con verla se le lavaba el alma, gozando de la frescura que le acariciaba. De repente volvió a oler aquel olor, el que tanto le intrigaba, el que le llevaba presagios de dicha desconocida. El olor del muñeco estaba en el aire del jardín.

Un pavo real esplendoroso salió del otro lado de la fuente, e inclinó la cabeza ante Dominico. Los tonos irisados de su cola extendida, los brillantes óvalos, se veían con toda claridad a la luz de la luna. Hasta los delicados flecos de las plumas se distinguían perfectamente. El agua de los surtidores reflejaba los colores del pavo en forma de débil arco iris. Más allá del pavo, más allá de la fuente, Dominico observó de pronto que había hileras de flores multicolores.

—Bienvenido al jardín, Dominico —dijo el pavo con donosura.

—Gracias —dijo Dominico—. Qué cola tan hermosa tienes. Hace que la fuente sea más hermosa, y las flores; y ellas hacen lo mismo con tu cola.

El pavo volvió a inclinarse y meneó las plumas con orgullo, como si moviera un abanico.

—¿De quién es este jardín? —preguntó Dominico.

—Es un jardín encantado —dijo el pavo—, y yo soy su senescal. Nadie más que tú ha conseguido llegar hasta aquí. Tú eres el primer visitante.

—Me siento muy honrado —dijo Dominico dulcemente.

—Tú eres muy especial —dijo el pavo.

Dominico no sabía qué otra cosa decir. Miró a su alrededor.

—¡No he visto nunca unas flores tan bellas! —exclamó.

—Si —dijo el pavo—. Nunca envejecen, nunca mueren.

—¿Ni siquiera en invierno? —preguntó Dominico.

—Aquí nunca es invierno —dijo el pavo—. Puede ser invierno todo alrededor, pueden soplar ventiscas, pero en este lugar nunca es invierno. Yo puedo extender un ala y tocar la nieve, notar su frialdad heladora, y seguir estando en un sitio donde siempre es verano.

—¡Es asombroso! —dijo Dominico. A pesar de haber visto tantos prodigios, su capacidad de maravillarse no disminuía.

—Te voy a enseñar esto —dijo el pavo—, ya que estás aquí. Hace muchos años que no tengo a nadie con quien hablar. Aunque, cosa curiosa, no me he sentido solo. Me he pasado mucho tiempo admirando mi cola. Es agradable que la admire otro ser, por variar; oír que alguien la elogia.

—¿Qué son esas flores? —preguntó Dominico, apuntando a una fila de flores muy grandes, de color carmesí oscuro y violeta encendido, salpicadas de blanco.

—Toca una —dijo el pavo. Dominico lo hizo así, y sonó un delicado repique de campanas.

—Toca otra —así lo hizo. Y sonó una música, una melodía hermosa y leve, como de brisas tocando un instrumento de viento. Tocó otras flores, y sonó una orquestación: cuerdas, metales suaves, flautas de caña, percusión ligera. Dominico se sintió llamado a participar. Bajo la luna de oro tocó su flautín de oro, y él y las flores se entendieron y se elevaron a alturas de belleza cada vez mayores.

El pavo abrió del todo su cola soberbia y escuchó. Dominico no supo cuánto tiempo estuvo tocando. Y cuando terminó la música, ya no se pudo contener: tuvo que sentarse sobre las patas traseras y entregarse a un aullar que le salía del alma, que esta vez no eran

aullidos ásperos, reprimidos, sino un ulular blando, modulado, expresivo de sentimientos que afirmaban la presencia de Dominico en un universo antiguo y joven a la vez. El pavo atendió con respeto hasta que Dominico hubo acabado.

Una vez que hubo expresado su sentir, Dominico volvió a mirar en derredor. Vio que al fondo del jardín había un edificio. Parecía un palacio en miniatura. Tenía una cúpula diminuta rodeada de diminutas torrecillas, ventanas en arco de medio punto y una puerta en arco, todo profusamente incrustado de gemas de colores.

—¿Qué es eso? —preguntó. Era como si aquellos prodigios se le fueran presentando uno por uno, conforme a un orden preestablecido.

—¿Eso? —dijo el pavo—. Eso es aquello a lo que este jardín sirve de marco, por eso es por lo que está aquí esta fuente y por lo que estoy aquí yo. Y por eso es en realidad por lo que tú estás aqui, si no me equivoco.

—¿Puedo entrar? —preguntó Dominico.

—Claro que sí. Pero de puntillas, porque ahí está dormido un ser que lleva muchos años durmiendo.

Dominico se dirigió a la entrada, tiritando de expectación. Entre los aromas de las flores del jardín se destacaba claramente aquel olor que había conocido por primera vez en el muñeco que llevaba en el pañolón. La puerta cedió fácilmente, y Dominico se encon-

tró en una estancia donde parpadeaban unas velas y la luz de la luna entraba por ventanas con vidrieras, iluminando una cama con dosel donde estaba durmiendo la perra más bella que había visto nunca. Era negra, y a la luz de las ventanas rielaba en dibujos luminosos de color púrpura, amarillo, verde, azul y carmín. Parecía irreal.

Tímidamente —qué raro que Dominico fuera tan

tímido— la tocó. Al instante ella estaba despierta, mirándole con sus grandes ojos negros.

—¿Eres tú el que ha de venir? —preguntó.

—Creo que sí —dijo Dominico.

—¿Traes el muñeco?

—Sí —dijo Dominico.

—Eras tú —dijo ella.

Se miraron largo rato; y los dos se alegraron de lo que veían. Estaba escrito. Sin duda la cocodrila-bruja lo habría vaticinado si Dominico se lo hubiera permitido.

—¿Cuánto tiempo he estado aquí? —preguntó la bella.

—No lo sé —dijo Dominico—. Pero el pavo del jardín dice que muchos años.

— ¿El pavo? No sabía que hubiera un pavo. Sí, debo de llevar aquí muchos años. ¿Todavía estoy joven?

—Sí —dijo Dominico—. Sí que lo estás. Eres hermosa.

—Me dijeron que no envejecería mientras estuviera dormida, que me quedaría igual que estaba hasta que llegase el que tenía que llegar para romper el hechizo. Lo mismo que la Bella Durmiente.

— ¿Cómo te llamas? —preguntó Dominico.

—Evelina —dijo ella—. Ese muñeco que tú tienes era mío cuando yo era pequeña. Yo lo quería mucho y a todas partes iba con él. Un día, ya había crecido y decidí que ya no era una niña, y lo tiré. Recuerdo que estaba en mitad del campo, pensando en la vida y en mí y en lo que era hacerse mayor. Estaba impaciente por conocer el futuro, y sentía que el muñeco me encadenaba al pasado. Así que me libré de él. Pero ya en el mismo momento en que me alejaba de aquel campo empecé a tener dudas. Yo había sido feliz en mis tiempos de cachorra. ¿Sería feliz de mayor? Estuve vagando, como en trance, hasta que me vi delante a una cocodrila-bruja.

— ¡Me lo debería haber figurado! —exclamó Dominico—. La cocodrila-bruja.

Evelina asintió con la cabeza y continuó:

— ¿Qué te pasa? —me preguntó, y yo se lo dije. "Ven conmigo," dijo la bruja, y me tomó de la pata. Yo la seguí sin hacer preguntas, sin sentir el impulso de hacer preguntas. Ella me trajo aquí. "Vas a dormir —me dijo—, quizá durante mucho tiempo. Alguien encontrará tu muñeco, y el que lo encuentre te encontrará también a ti, de eso puedes estar segura. Ahora tienes que dormir", dijo, y yo obedientemente me dormí. Estaba bajo su hechizo. No pensaba en otra cosa que en lo que ella me sugería. De todas formas, aquí estás tú, que has encontrado mi muñeco. La bruja tenía razón.

—La bruja tenía razón —asintió Dominico.

—¿Me das mi muñeco? —dijo Evelina.

Dominico le dio el muñeco, y ella lo abrazó como a un niño que hubiera estado perdido mucho tiempo.

—Vámonos ya —dijo—. Llevo tanto tiempo aquí, que quiero volver a salir al mundo.

Dominico se dio cuenta de que era el principio de una gran aventura nueva.

—Vamos —dijo.

Y juntos abandonaron el pequeño palacio.